海明威全集

危险夏日

Death In the Afternoon

〔美〕海明威 著

苏 琦 译 俞凌婕 主编

中国出版集团 现代出版社

图书在版编目（ＣＩＰ）数据

危险夏日 / （美）海明威著；苏琦译. -- 北京：
现代出版社，2018.6
（海明威全集 / 俞凌婍主编）
ISBN 978-7-5143-7111-6

Ⅰ．①危… Ⅱ．①海… ②苏… Ⅲ．①纪实文学－美
国－现代 Ⅳ．①I712.55

中国版本图书馆CIP数据核字（2018）第109931号

危险夏日

著　　者	（美）海明威	
译　　者	苏　琦	
主　　编	俞凌婍	
责任编辑	杨学庆	
出版发行	现代出版社	
地　　址	北京市安定门外安华里504号	
邮政编码	100011	
电　　话	010-64267325　64245264（传真）	
网　　址	www.1980xd.com	
电子邮箱	xiandai@cnpitc.com.cn	
印　　刷	三河市金元印装有限公司	
开　　本	880mm×1230mm　1/32	
印　　张	6	
版　　次	2019年1月第1版　2019年1月第1次印刷	
书　　号	ISBN 978-7-5143-7111-6	
定　　价	32.00元	

序

  众所周知，海明威是一个生活经历异常丰富的知名作家，同时也是一个在世界上享誉盛名并且写作风格鲜明的文学大师。海明威复杂的生活经历描绘了他所有作品的故事曲线，也构成了他作品中丰富多彩的主题。

  首先，就个人浅见，有必要剖析一下海明威的成长经历。海明威出生于美国芝加哥以西的一个郊区城镇，人口并不密集，因此给了海明威一个平静、安逸的童年生活。幼时的海明威喜欢读图画书和动物漫画，听稀奇百怪的故事，也热衷于缝纫等各种家事。少年时期，他更喜欢打猎、钓鱼，内心充满了对大自然的好奇与敬畏，这一点在他多部作品中都有体现。在初中时，海明威为两个文学报社撰写了文章，这为他日后成为美国文学史上一颗璀璨的明星打下了基础。高中毕业以后，海明威拒绝上大学，他到了在美国媒体具有举足轻重地位的《堪城星报》当了一名记者。虽然他只在《堪城星报》工作了 6 个月，但这 6 个月的时间，使他正式开始了写作生涯，并且在文学功底上受到了良好的训练。1918 年，第一次世界大战爆发，海明威不顾家人反对，毅然辞掉了工作，去战地担任了一名救护车司机。战场上的血流成河，令海明威极为震惊。由于多次目睹了战争的残酷，给海明威的创作生涯提供了丰富的素材和灵感。在他早期的小说《永别了，武器》中，他进行了本色创作，揭示了战争的荒唐和残酷的本质，反映了战争中人与人之间的相互残杀以及战争对人的精神和情感的毁灭。1923年海明威出版了处女作《三个故事和十首诗》，使他在美国文坛崭露头角。1925年。海明威出版了《在我们的时代里》这一短篇故事系列，显现了他简洁明快的写作风格。继而海明威出版了多部长篇小说和大量的短篇小说，令他成为了美国"迷惘的一代"作家中的代表人物。《老人与海》获得了1953年美国的普利策奖和1954年的诺贝尔文学奖，将海明威推上了世界文坛的至高点，可以说，《老人与海》是他文学道路上的巅峰之作。

其次，海明威的感情生活错综复杂，给海明威的作品增添了大量的情感元素。海明威有过四次婚姻经历，这些经历赋予了海明威不同寻常的爱情观。司各特·菲茨杰拉德曾打趣道："海明威每写一部小说都要换一位太太。"连他自己都没有想到，竟然一语成谶。世人皆知，海明威有四大巅峰之作，分别是《太阳照常升起》《永别了，武器》《丧钟为谁而鸣》和《老人与海》，在时间上，他的确先后娶了四位太太。据考证，1917年海明威和一位护士相爱，但是不久后，这位护士便嫁给了一位富有的公爵后代。海明威对爱情始终抱有完美主义，所以这样的结局令海明威无法接受，甚至愤恨。因此，海明威常常将女人比作妖女，这一点在他的多部作品中有所反映。1921年，海明威与他的第一任妻子哈德莉结婚，但是婚姻观的差异最终使两人分道扬镳。不得不说，哈德莉对海明威的文学创作起到了至关重要的作用。在她的帮助下，海明威学会了法文并结识了著名女作家斯泰因。这段时期，海明威佳作不断，哈德莉却毫无成长，这促使了两人的婚姻关系更加恶劣。1926年海明威出版了《太阳照常升起》，这部小说使他声名大噪，也间接宣告了海明威与哈德莉婚姻关系的破裂。1927年，海明威与第二任妻子宝琳结婚，两人在佛罗里达州和古巴过了几年宁静而美满的婚姻生活。海明威在这几年中完成了他的不朽名作《永别了，武器》。然而，没过几年，海明威对宝琳开始厌倦，他遇见了他的第三任妻子——战地女记者玛莎。最开始，海明威以玛莎为荣，并为她创作了《丧钟为谁而鸣》，令人叹息的是，这对最为相配的夫妻也在1948年结束了婚姻关系。海明威的第四任妻子维尔许是一名战时通讯记者，研究分析政治和经济形势，为三大杂志提供背景资料。婚后，维尔许放弃了自己的工作，专心照顾家庭，但这仍未给两人的婚姻关系带来一个美满结局。1961年，海明威在家中饮弹自尽，享年62岁。

对大自然的喜爱之情和对生命的敬畏丰富了海明威小说五彩斑斓的主题，纷然杂陈的情感生活和不同寻常的生活环境造就了海明威作品中跌宕起伏的故事情节。因此，海明威的每篇长篇小说、短篇小说、新闻及书信都有着鲜明的个人风格。海明威用最简洁明了的词汇，表达着最复杂的内容；用最平实轻松的对话语言，揭示着事物的本来面貌。他的每部小说不冗不赘，造句凝练，丝毫没有矫揉造作之感。即使语言简洁，但是海明威的故事线索依然清晰流畅，人物对话依然意蕴丰富。海明威曾这样形容自己的写作风格："冰山在海里移动之所以显得庄严宏伟，是因为它只有八分之一的部分露出水面。"这无疑是个非常恰当的比喻，十分形象地概括了海明威对自己作品的美学追求。海明威最开始创作了众多短篇小说，使他在文坛新秀中占有一席之地，后来《太阳照常升起》的出版，奠定了他在"迷惘的一代"代表作家中的超然地位。"迷惘的一代"是美国两次世界大战期间涌现的一类作家的总称，他们共同表现出的是对美国社会发展的一种失望和不满。他们之所以迷惘，是因为这一代人的传统价值观念完全不再适合战后的世界，可是他们又找不到新的生活准则。海明威将"迷惘"这一形容词表现得淋漓尽致,他用深刻而典型的对话将第一次世界大战后青年的彷徨与迷惘的心声书写出来。可以说海明威的大量文字都散发着战时与战后美国青年对现实的绝望。海明威不止竭尽所能地发挥着对"迷惘"的认知,同时也表现着海明威内心的"硬汉观"。海明威一向以文坛硬汉著称,他是美利坚民族的精神丰碑,代表着美国民族坚强乐观的精神风范。在《老人与海》中海明威用风暴、鲨鱼等塑造了一个"人可以被消灭,但是不可以被打败"的硬汉形象,同时也反映了海明威英勇、坚定的生活态度。海明威的众多作品中不仅充斥了"迷惘""硬汉"等思想,不可忽视的还有他对自然与死亡的理解。作为一个对生命有着独特理解的文学大家,海明威形成了对死亡的坦荡、豁达的人生态度。《午后之死》就明确指出:"所有的故事,要深入到一定程度,都以死为结局,要是谁不把这一点向你说明,他便不是一个讲真实故事的人。"海明威想要表达"死亡是人生的终点,任何人不可逃避"这一观点。《老人与海》中也有海明威对自然生态的想法,海明威利用圣地亚哥、环境、鱼类的关系形象地阐述了:人不能过于追求物质享乐,要尊重自然、节省资源、保护生态环境,才能达到人与自然的和谐。总之,海明威光彩夺目的主题思想和艺术风格都在探究着人类文明进程中对生命的思考。

海明威的创作经历了一个复杂的发展变化过程。在海明威早期的作品中,海明威表达对西方资本主义日趋腐朽的绝望和内心痛恨战争的不满情绪,文字中蕴藏着一种悲观和颓废的色彩。海明威在创作中期才改变了这种思想,开始对西方资本主义和战争的本质有了新的认识,这是海明威心理历程上的一个重大发展。海明威的后期作品依旧延续着早、中期的写作风格和迷惘情绪,但是却比早、中期的作品反映的情绪更加明显。值得一提的是，海明威的创作中也充斥了大量的意识流和含蓄表达，从而使读者在真假变换中感受到人物或强烈、或浪漫的内心世界。

为了方便海明威文风的欣赏者了解海明威，我们特出版海明威全集系列丛书，内包含海明威的多部小说、书信、新闻稿、诗等作品。读者可从中感受到海明威享受心灵的自由却求索不得的无奈，也可感受到海明威对内心对生命最强烈的回响。海明威的作品无论在中心思想层面，还是语言风格都有其独到之处，因此他的作品读来令人回味无穷。对于欣赏者来说，要具备独特的艺术鉴赏力和审美修养才能发掘海明威"海面下的宏伟冰山"，从而产生更多对生命的思考。

目　录

第一章

　　我从没有想过会被批准再回到那个不寻常的国度，尽管我对那片土地的热爱程度仅次于爱我的祖国。而且，我曾经发誓，只要我在那儿认识的某位朋友仍被关在监狱中，我就绝不会重新踏入那片国土。1953年春天，事情发生了转机。在古巴，我有一些曾经在西班牙内战中因阵营不同而势同水火的朋友，一天，我跟他们谈起我去非洲的计划，并提到途中要在西班牙暂留片刻，他们全都认为我可以极为体面地回到那里。只要我不发表任何关于撤销我以前作品的声明，并且闭口不谈国事，那么，申请签证不会有什么麻烦。现在美国观光者入境已经不需要签证了①。1953年，我的朋友们都已经脱离了被监禁的命运，于是我决定出游非洲。我打算先带妻子玛丽到潘普洛纳体验体验集市日的欢乐，然后转程到马德里，参观一下普拉多博物馆；之后，如果一切顺利的话，我们就去巴伦西亚，看看那儿的斗牛比赛，最后再乘船去非洲。当然，我知道玛丽是不会遇到什么麻烦的，因为她这辈子从没到过西班牙，而且她的朋友也都是一些很高雅的人士。就算她不小心遇到什么问题也不用担心，那些朋友会马上过来帮她解决。我们一路轻快地驾着车，迅速地穿过巴黎，驶过沙特尔②、

---

　　① 海明威曾经在《丧钟为谁而鸣》这本书中立场鲜明地支持西班牙政府，强烈反对法西斯势力，因此佛朗哥政府一上台后就禁止他入境，所以海明威对于能否再回西班牙一直心存忧虑，没想到1953年就被获准可以回去。1959年他再次回到西班牙看斗牛，之后写出了这部《危险夏日》。因此，从某种角度来说，这本书可以看作他1932年出版的《午后之死》的续篇。

　　② 沙特尔（chartres）：法国巴黎西南方的一座城市。

卢瓦尔河流域和波尔多①郊外，一直来到比亚里茨②。在那儿，早有一群人做好准备等着我们，他们也将加入我们的队伍一同越过国境。大家高高兴兴地吃喝完毕，并约好了出发的时间，集合地点就定在昂代海滨——我们住的旅馆，我们打算在这里等所有人会齐后一起出境。这群朋友中有个人很有能耐，他居然带来了米戈尔·普利默·德利威拉公爵的一封信，而公爵当时正担任西班牙驻伦敦大使。他说，万一途中我遇上什么倒霉事，那封信可以帮上大忙。我虽然不是非常明确将来我会出什么乱子，但对此仍感觉特别欣慰。

依照约定，我们按时抵达集合地点。那天，昂代的天气很糟糕。整整一个上午天空都被浓厚的乌云遮蔽着，无精打采地下着雨。薄雾如一块帷幕随着浓重的云翳蔓延下来，遮挡住了远方西班牙的山脉。许是因为天气的缘故，我的朋友迟迟没有露面，我估计他们可能需要一个小时才能来到，就又等了他们半个多小时。聚齐后，我们便出发了。国境线上检查站的天气也是阴沉沉的，我把四份护照交给站内的警察检查。那位警官端坐在那儿，对我的护照翻来覆去看了很久，一直没有抬头。这种情形在西班牙发生的概率很高，而且通常预示着不太妙的结果。

"那个作家海明威跟你是什么关系？亲戚？"他依旧低着头，似乎随口一问。

"是同宗。"我恭恭敬敬地答道。

他把护照又翻看了一遍，然后又仔仔细细地端详着护照上我的照片。

"你是海明威吗？"他又问。

---

① 波尔多（Bordeaux）：法国西南部的一处海港城市。
② 比亚里茨（Biarritz）：法国西南部的一座城市。

我把原本因为紧张而有些弯曲的身子稍稍站直，答道："A sus ordenes！"这句话是西班牙语，大致意思是，不但服从您的命令，而且随时听候您的差遣。我以前在许多不同的场合听过别人说这句话；此刻，我也用这句话，并期望自己说得很合适，而且音调也别出错。

终于，他抬起头，站了起来，向我伸出手，说了一句让我们如释重负的话："您的书我全都读过，非常喜欢。我马上给您盖章，或许海关那儿也能为您效点儿劳。"

这就是我回到西班牙的全部经过，一切美妙得仿佛做梦一般。在毕达索阿河①，我们一共要通过三处检查站，每次被警察拦住盘查，我都做好了被扣留或是被遣送回国的准备。可是，令人惊奇的是，每一次警察在无比认真地检查完护照后都冲我们爽快地一摆手，放我们通行了。与我们一起同行的，还有一对美国夫妇、一个性格活泼的自称来自威尼托②的意大利人吉安弗朗克·伊凡吉齐和一位来自乌迪内③的司机。后者也是意大利人，他准备到潘普洛纳的桑福尔米内斯去。吉安弗朗克以前是个骑兵军官，曾跟随隆美尔④作战。在古巴工作的时候，我们住在一起，他是我们非常亲密的一位老朋友。他开着汽车到勒阿弗尔⑤和我们碰头。那个叫阿达莫的司机看起来斗志昂扬、野心勃勃，他一直想成为一个承办殡仪与丧葬工作的殡葬业老板。不过，他还真实现了这个理想。倘若你哪天不幸在乌迪内亡故，那么负责出殡事宜的很可能就是他。没有谁知道他在西班牙内战时属于哪个阵

---

① 毕达索阿河（Bidasoa）：西班牙境内纳瓦拉省的一条河，被看作西班牙和法国的分界线。
② 威尼托（Veneto）：地处意大利北部的地区。
③ 乌迪内（Udine）：地处意大利东北部的城市。
④ 隆美尔（Erwin Rommel，1891—1944）：纳粹德国的高级将领，因被怀疑参与暗杀希特勒的密谋，被迫服毒自杀。
⑤ 勒阿弗尔（Le Havre）：地处法国北部赛纳河口的海港。

营，我也没有问过他，不过旅行中我常常安慰自己，说不定他跟两边都有点关系呢。等和他渐渐混熟了，我发现他多才多艺简直堪比达·芬奇①那样的天才，于是，我越发确信他跟两边都有关系。他既能为了自己心中的信仰站在某一阵营，也能为了他的国家或者为了乌迪内被吸纳进原本针锋相对的战壕尽心尽力。我甚至相信，假如再有第三方的话，他还可以为他的上帝、为兰西亚公司或是为伟大的殡葬业作战，因为他对这三方面的认真程度都同样深厚，不分彼此。

我认为，假如你想要一段全程都充满愉悦的旅行，那你就选择活泼的意大利人做旅伴。幸运的是，我们现在就和两个出色的意大利人一起，在努力完成一场充满乐趣的兰西亚攀登行动。我们沿着翠绿的比达索阿河谷向上，不少栗树长在大路两侧蜿蜒曲折连成一排。顺着山脊我们奋力向上攀登，眼前的薄雾也渐渐消散了。我知道，只要过了前面的维拉特隘口，那一路跟随我们的死气沉沉的阴霾就会一扫而空了，然后，我们将沿着曲折的山道一路向下，进入纳瓦拉②的高原地带。

原本我这篇记录是打算写斗牛的，不过当时我对斗牛的兴趣并不大，之所以有这种想法，仅仅是为了让玛丽和吉安弗朗克见识一下西班牙的风情而已。以前马诺莱特到墨西哥演出时，玛丽曾经去观看过斗牛表演。那天刮着十分凶猛的风，和他一起表演的是两头最糟糕的牛，但玛丽却看得很喜欢。她从头看到尾，整个斗牛的过程她似乎都很感兴趣。其实斗牛这种表演，并不像外人想象得那样美好，如果她连那样糟糕的表演都喜欢，可见她也许真的很喜欢斗牛。我曾经听人说，假如你能够忍住一年不去看

---

① 达·芬奇（Leonardo da Vinci, 1452—1519）：意大利文艺复兴时期著名的画家、雕塑家、建筑师和工程师。

② 纳瓦拉（Navarra）：地处西班牙北部的一个自治区。

斗牛，那么，这辈子不看斗牛也觉得没什么。这话虽说得不完全对，但多少也有一定道理。除了在墨西哥的那次观看，我已经有十四年没做过斗牛场的观众了。这段日子里，大部分时间我感觉自己就像坐牢一般，只不过我的牢狱是斗牛场之外的天地，而不是在里面。

我曾经在书上看到过，几位可靠的朋友也跟我说起过，马诺莱特在斗牛场称霸的那段日子包括在那之后的很长一段时间里，斗牛运动中曾出现过一些不广为人知的黑幕。为了保护某些重要的斗牛士，人们往往会把牛角尖锯掉，然后再削尖并磨出光泽，使它们看上去仍和真正的牛角差不多。不过这样处理后的牛角尖很嫩，就像人们剪指甲过短以致露出的下面的嫩肉一样。但是，牛如果顶着这样的角尖撞在场边围墙的木板上，就会产生剧烈的疼痛感，所以多次疼痛以后，牛再用角去撞击其他东西时就会变得小心翼翼。另外，当时还有一种像铁一般坚硬的帆布覆盖物，这种东西原本是用来给马匹做铁甲的，如果用它来训练牛，也同样会达到以上的效果。

再者，由于牛角长度人为地变短，牛便失去了本能的对距离的掌控能力，用这样的牛来做表演，大大降低了斗牛士被牛角撞上的危险。通常而言，牛是在养牛场里和其他牛进行日常的争端或者激烈搏斗中，慢慢学会使用它的角的。年复一年，牛会在长期不断地练习中培养出对自己角的清晰意识，并且使用得越来越纯熟。因此，某些顶级的斗牛士经纪人（他们个个手里都有一大批级别略低的斗牛士资源）总是想方设法使养牛人饲养出一批被人们称为"半公牛"或是"中等公牛"的牛。这些牛也就是那些刚刚到三岁的小牛，但这样的小牛一般还不太明白怎样熟练地使用它的尖角。为了削弱这些小牛的腿部肌肉的强劲度，以达到让它们无法迅速跟着穆莱塔复位的目的，因此养牛人要让它们养成喝水的时候不离开牧场太远的习惯。但同时，为了使这些力量被削弱后的小牛还能达到比赛要求的重量，他们又用谷物喂养它，使小牛重量达标，外表上看起来跟真正的公牛一样，再加上刚进场时，小牛奔跑的速度也不差，观众几乎看不出它和真正的公牛有什么差别。可真实的情况是，它只是一头"半公牛"，那些如同苦刑的训练和饲养让它变得软弱而且容易控制，以至于表演时非得斗牛士细致而温厚地对待它，不然到了最后它连对抗斗牛士的勇气都没有。

当然，即便是被削短了的角，斗牛的危险性也很大。有时候，它猛地一戳，也会伤到人或杀死对方。不少斗牛士都曾经被这种处理过牛角的牛戳伤。不过总体而言，和这样一头力量被削弱的牛缠斗并最终杀死它，至少要比和一头正常的公牛相斗安全十倍。

其实，普通的观众是不可能看出牛角是被处理过的，因为他们一般没有观察动物角的经验，更辨认不出那种稍稍带点儿发灰的打磨过的痕迹。他们只是用外行人的眼睛去看牛角的尖端，只能看到细小、闪亮的一个黑点。他们根本不会知道那其实只是用废旧的曲轴箱机油多次摩擦做出的假象而已。这样处理过的牛角会散发出一种比皮靴重新用洗革皂抛光后还亮的光泽，就像真的一样，但是内行人远远一看就知道有问题。就如同老练的珠宝商鉴别钻石的真伪那样，他们不用靠得很近，就能闻到虚假的气息。

马诺莱特时代和那之后的一段时间里，一些没有职业操守的斗牛士经纪人，往往热衷于做这种事，要不就是跟一些创始人或是某些饲养者达成一份不可告人的默契。他们为自己的斗牛士规划的职业目标是—斗半公牛。因此很多饲养者花费了大量精力饲养这种牛，为了让牛性格温驯但仍能保持高速奔跑的能力和易于激怒的特性，他们往往在繁殖阶段就想办法使那些牛肌肉不太强健，然后大量喂养谷物使牛体重增加并长成硕大的个头。牛角的危险性更不用担心，因为它一定会如以上所述被改造一新，这种牛一旦被放入斗牛场，观众们便可以看到斗牛士创造出的那一幕奇迹——倒退着斗牛！斗牛士不用再像以前那样高度紧张地盯着随时从腋窝下穿过的牛，而是睁大眼睛看向观众；斗牛士还能跪在那头凶猛的畜生面前，左胳膊肘儿搭在牛的耳朵上，像给它打电话似的；他甚至还会把刀和穆莱塔丢到一边，用手摸摸牛角，像演得太过了的演员那样关注着观众的反应；而牛呢，一副病歪歪的样子，甚至还在出血，陷入一种貌似催眠的状态——观众看到场内这样神奇的表演，一个个瞠目结舌，还以为自己目睹了斗牛新时代的诞生呢。

当然，也有一些诚实的饲养人，他们手里会有真正的、牛角没有被损坏过的牛。如果那些没有职业道德的斗牛士经纪人偶尔必须从这些人手里收到这样的牛，那么通常会发生这样的事：在黑暗的通道中，或是斗牛活动当天的中午，牛被选出来关进特别选定的石头围栏里之后，那几头牛总会奇怪地遇上些糟糕的事。所以，假如你看见一头牛原本眼睛放光，狂奔起来快得像头豹子，在牛腿上印 apartado 的时候（即选牛并把它关进围栏时）生龙活虎，可正式出场时竟然是一副后腿有力无气的样子，那么很有可能是有人往它的腰背部狠狠砸过一袋沉重的饲料。或者，如果你看到有一头牛像梦游一般在斗牛场里游荡，必须使得斗牛士千方百计地去挑逗它才能把它从茫然的状态中拉回来的时候，这就表明，他斗的一定就是那种兴致不高、忘了自己与生俱来的利角有什么作用的牛，至于为什么会在很短时间内发生这样翻天覆地的转变，也许可以追溯到一根装满巴比妥类药物①的马用注射器。

当然，即便经过这样精心设计的重重阻挠，那些斗牛士们每年也不得不跟角没有削过的真正的牛斗上几次。虽然这种情况下，最优秀的斗牛士也能够坚持整整一场，不过他们尽量避免如此，因为这样太危险了。

由于上述种种原因，再加上我的生活圈已经渐渐远离那种吸引大量观众的体育活动，我从前对斗牛的狂热已经消减了很多。但听说新一代的斗牛士已经成长起来之后，我还是有些迫不及待地想去看看他们。我对他们的上一辈很了解，那一批斗牛士中有些人非常出色，甚至还和我做了朋友。不过当我经历了一些人去世、一些人因为恐惧放弃斗牛的事件后，我下定决心从此只做纯粹的观众，不打算再和任何斗牛士做朋友了，因为，如果一个斗牛士朋友因为害怕而手足无措时，我无法像一名普通观众那样专注于眼前的视觉享受而拒绝了解他的苦恼。作为一个朋友，我必须跟着他们一起忍受心灵的无限煎熬。

1953 年的时候，我们住在莱库穆佩利市郊外，每天早上要坐二十五英里的车，赶在六点三十分的时候到潘普洛纳，去欣赏七点钟时牛群奔过街道的壮丽场景。我们这些人在莱库穆佩利的旅馆里定了房间长期住宿，整整七天，我们完全沉浸在马不停蹄的狂欢中，渐渐地彼此熟悉了，甚至喜欢上了对方。那真是一段让人怀念的时光，也留给我很多美好的记忆。那时，每当我看到达德利伯爵那辆镶着金边的罗尔斯－罗伊斯②牌汽车时，都会感到

---

① 催眠、镇静等用的药物。

② 罗尔斯－罗伊斯是在英国很有名的汽车制造公司。

一种沾沾自喜的虚荣。而现在，一想起来，我却由衷地觉得那辆车很漂亮。

吉安弗朗克参加了一场由擦鞋人和扒手预备军组织的集会，而这场集会并没有多少新意，内容除了跳舞就是喝酒。他在莱库穆佩利的床铺几乎没什么利用率。他做了一件至今让我们都难以忘怀的事，那就是睡在牛进入斗牛场的必经之地——一条由栅栏隔开的通道里，这样他再也不用担心因为睡过头而错过观看运牛进场的场景，就像之前的某一天那样——其实他也不算错过。他看到那些牛一头头地从他身上跃过，整个斗牛士班的人看起来都很得意。

每天早上阿达莫都会去斗牛场，想要得到杀死一头牛的资格，但是斗牛的管理机构却有他们自己的想法。

那段时间天气很不作美，整天阴沉沉的。有一次玛丽看斗牛时正好遇上一场雨，结果被雨淋湿感冒了，还发起了高烧，许久不好，以致她在我们待在马德里的那段日子里一直无精打采的。其实那几场斗牛表演并不是很出色，但期间却发生了一件有特殊意义的事。那就是我们与安东尼奥·奥托尼斯的初次会面。

从第一眼看到他从容挥动着披风的躲闪斗牛的动作上，我就断定他具备非凡的能力。那身姿就是所有出色的斗牛士挥动披风时的身姿。这种人数目并不少，而且他们都生气勃勃，充满活力，只不过安东尼奥更加出类拔萃。特别就穆莱塔而言，他挥动起来简直堪称完美。他那杀牛的手也十分干净利索，丝毫看不出费力的样子。我应该算是一个严谨而苛刻的观众，就算以我的眼光和标准去评判他的表演，也认为如果不出意外的话，安东尼奥一定会成为一个顶级的斗牛士。实际上，那个时候，我还不知道，他的勇敢远远比我认为得更了不起。因为不论遇到任何危险，他都表现得很出色，每一次重伤从来没有打倒过他，相反只会让他勇气倍增。

多年以前，我就认识安东尼奥的父亲卡伊塔罗。卡伊塔罗也是一位出色的斗牛士，我曾经在《太阳照常升起》中写过一篇描述他和他的斗牛表演的文章。那本书里所有记录他斗牛的场面，全都是真实的。不过斗牛场外的那些内容有些虚构的成分。这一点他一直知道，但并没有对此提出丝毫异议。

从安东尼奥在斗牛场上挥洒自如的身姿中，我看到他身上具有他父亲巅峰时期所具备的一切优秀的素质。卡伊塔罗的斗牛技巧出神入化。他能从容不迫地指挥他的手下——那些长矛手和短标枪手——紧密配合、分工合作，整个斗牛的过程井然有序、十分合理。而安东尼奥比他的父亲还要出色，从牛进场后他舞动披风时的每一个闪避动作，长矛手的每一次走位，以及长矛的每一个刺激动作，都是经过缜密安排的。他们彼此默契地引导着牛一步步接受这场表演的最后一幕：穆莱塔红布控制住了牛，使它倒在斗牛士的剑下。

在现代斗牛表演中，只是单纯地用穆莱塔控制住牛使它最终被剑杀死，这种观赏性是远远不够的。按照传统规则，在杀牛之前，如果牛还有余力向前冲的话，剑杀手必须做出一系列闪避动作。在一系列闪避动作中，剑杀手必须引导牛在尖角刺得到的短短距离内从自己身旁冲过。牛在剑杀手的诱导下，冲过时离他的身体越近，观众得到的刺激就越大，表现就越狂热。那些规则中的传统闪避动作全都是极为危险的，这些动作包括：剑杀手要用一块鲜红的法兰绒布控制住牛，这块布必须由剑杀手亲自拿着，挂在一根四十英寸长的木棍上。剑杀手们曾经想出许多高技巧的闪避动作，这些动作其实是剑杀手从牛身边奔过，而并非牛从剑杀手身边冲过，换句话说，是人利用这个动作主动擦身而过向牛致意，而并非是对牛行动的控制和操纵。这些闪避动作中最让人兴奋的，是在需要对笔直向自己冲来的牛做出行动的瞬间；剑杀手知道，比起这种方式，采取把身子侧转、背对着牛的姿势闪开更安全。他甚至能用这种方式避开一辆疾驶的电车，但观众喜欢的是一些更为刺激的技巧和动作。

第一次看安东尼奥·奥托尼斯斗牛时，见他不用作假就可以轻松地完成所有那些令人惊叹的传统动作，我就知道他很熟悉牛，而且他挥动披风的技巧也大大超出了同时代的其他人。我相信，如果他愿意，他可以把杀牛变成一门顶尖的艺术。在我看来，他完全具备顶级剑杀手的三个重要条件：无上的勇气，斗牛的技巧，直面死亡的优雅风度。在斗牛结束准备离开会场时，有位既认识我也认识安东尼奥的朋友告诉我，安东尼奥想邀请我到约尔迪大饭店会面。当时我心想：我不能再跟斗牛士做朋友了，尤其是安东尼奥，因为在了解到他有多出色之后，一旦他将来遭遇到什么意外，我无法骗自己说一切都无所谓。

虽然这样想，但我从来都不能学会接受理智对情感提出的好建议。于是出现了这样的事：在遇见哈苏斯·科尔多瓦的时候——这位先生是个生于堪萨斯、会讲一口地道英语的墨西哥斗牛士，昨天刚献给我一头牛作为礼物——我向他打听约尔迪大饭店在什么位置，他爽快地要陪我一块儿溜达过去。哈苏斯·科尔多瓦是一个很优秀的青年，也是个一流的、聪明的剑杀手，和他交流我感到很愉快。那天，这位斗牛士一直把我送到安东尼奥的房门口才离开。

安东尼奥正赤裸着身体躺在床上，只用一条小毛巾覆盖着以保持礼貌。我最先注意到的是他那双漆黑发亮的眼睛，那是我曾经看到过的充满快乐的最富有光彩的眼睛，满脸洋溢着小孩子般淘气的笑容；我还注意到他右边大腿上有一条长长的疤痕。看我进来，安东尼奥微笑着向我伸出左手（他的右手在杀第二头牛时被剑划伤了而且伤势很重），说道："请在床边随便坐吧。请您告诉我，我的表现和我爸爸比如何呢？"

我抬起头望向那双眼睛——这时，他眼中的微笑消失了，而我心底的怀疑（难以确认我们能不能成为朋友）也随之消失了——认真地对他说，他干得比他父亲还要漂亮，我还告诉他，他父亲的手法有多出色。接着，我们又谈起他的伤势。他抬了抬右胳膊说，只要再过两天他就能继续用那只手斗牛了。那不过划了一个口子，并没有伤害到筋腱和韧带。正说着，他给未婚妻卡门打的电话接通了，我便站起身退到一边，走到听不见谈话内容的距离。卡门是剑杀手路易斯·米格尔·多明吉的妹妹，也是安东尼奥的经纪人多明吉的女儿。等他放下电话，我便向他告辞。我们还约定在埃尔—雷伊—诺夫莱跟玛丽见面，从那以后，我们就成了朋友。

那个时候，路易斯·米格尔·多明吉已经结束了斗牛士的职业生涯。我第一次见到他是在和平庄那个他刚买下的大牧场里，那片牧场的范围很大，从马德里一直延伸到巴伦西亚的萨利塞斯附近。米格尔的父亲也是我认识多年的老朋友，他曾经在斗牛场叱咤一时，是当时最顶级的两位剑杀手之一。后来，他转行经商成为一位精明强干的商人。他发现了多明戈·奥尔塔加的潜力，并且成为他的经纪人。多明吉共有三儿两女，三个儿子全都走上了剑杀手的职业生涯。路易斯·米格尔办事一向敏捷而机智，他同时还是一位优秀的短标枪手，被西班牙人誉为"torero muy largo"，也就是说，他能出色地完成一整套的闪避动作和各种优美的技巧，达到了能对牛随意地耍弄，想杀得多利索就能多利索的境界。

老多明吉邀请我们去他们家里做客，我们便到路易斯·米格尔刚买下的大牧场上去拜访，这样我们在去巴伦西亚的之前，还能在中途休息一下吃个便饭。冒着七月的酷暑，我和玛丽·胡安尼托·金特那（我的一位老友，住在潘普洛纳，《太阳照常升起》里那个旅馆老板的原型就是取自他）乘车穿过新卡斯特里亚①，顺利地抵达那所阴凉、幽暗的房子。那天，一阵阵从非洲吹来的热风把沿途打谷场上的谷壳全吹到了空中。

路易斯·米格尔是一个令人感到愉快的人。健康的黝黑色皮肤，一双长腿，臀部不大，只是对一个斗牛士而言，脖子稍微长了点儿，一张表情丰富的脸，饱含严肃又隐藏着嘲弄。他这张脸能轻而易举地从职业的蔑视神情转变为轻松的欢笑。安东尼奥·奥托尼斯和路易斯·米格尔的小妹妹卡门也在那儿。卡门长得很美，她肤色黝黑，脸庞端庄秀丽，体态轻盈可爱。此时，她已经是安东尼奥的未婚妻，两个人打算在当年秋天结婚。从他们的举止言谈中，我能看出他们深深爱着对方。

在那个大牧场里，我们参观了饲养家畜、家禽、藏枪的屋子和马厩。我还走进设陷阱刚捕获一头狼的笼子跟前，同它玩耍。那头狼看来很强壮，但是它患有狂犬病，一般情况下它唯一能做的就是咬人，不过为什么不真的靠近试一下，看看你能不能跟它和平共处呢？那头狼认识到也有人喜欢它时，表现得很友好，安东尼奥看到后也很开心。我们还去看了尚未装修完毕的游泳池。路易斯·米格尔那座和他本人等大的青铜竖像博得了我们的赞赏。这种生前就在自己庄园里竖立个人雕像的事比较罕见。虽然

---

① 新卡斯特里亚（New Castile）：地处西班牙中部的地区。

雕像在高贵程度上可能较真人略胜一筹，但我认为米格尔看上去比他的竖像要气派得多。不过一个人能在自家院子里和自己的青铜竖像一较高下这件事本身就够神气的了。

1954 年 5 月，我们刚从非洲回到马德里，再次见到了米格尔。他到我们住宿的王宫大饭店来拜访，那是一个风雨交加的日子，风暴即将来临。在看完一场特别糟糕的斗牛表演后，大伙儿陆陆续续聚到我的房间，把屋子挤得满满当当的。大家喝酒，抽烟，翻来覆去说那件最好赶快忘个精光的事。说实在的，那天米格尔的脸色看上去很可怕。当他情绪高涨的时候，看来就像唐璜①和哈姆雷特②的结合体，但是在那个闹哄哄的晚上，他却显得那么紧张、疲倦、狼狈不堪。

米格尔虽然保持着退休状态，不过他仍然有到法国去办几场斗牛表演的想法。我跟他一起到乡间去过两三次，我们驾车从瓜达拉马斯山③避风的一面朝埃斯科利亚尔④驶去。我看到他在那儿用几头斗牛用的小母牛进行训练，试试需要恢复训练多久才能使自己回到当初的水平，好再次参加斗牛表演。我很喜欢欣赏他的训练。他对自己要求十分严格，比其他任何人都刻苦，几乎从不休息。即便在他开始感到疲倦或是开始气喘时，他会想方设法支撑下去，一直耗到牛筋疲力尽为止。然后，他又开始跟另一头牛斗。汗水顺着他的背脊直流下来，他一面采用深呼吸的方式调节自己的呼吸，让自己喘过气来，一面等着新的牛进场。我很欣赏他优美的风度、熟练的技巧以及他的 toreo，也就是斗牛的方法，

---

① 唐璜（Don Juan）：屡见于西方诗歌、戏剧中的传奇浪荡子。

② 哈姆雷特（Hamlet）：莎士比亚著名悲剧中的主人公，性格优柔寡断。

③ 瓜达拉马斯山（the Guadarrmas）：地处西班牙的一座高山，将马德里和塞戈维亚两个城市分隔开来。

④ 埃斯科利亚尔（Escorial）：地处西班牙首都马德里周边的大理石建筑群，建于 16 世纪，有宫殿教堂、修道院、陵墓等。

那是他用自己的身体、灵活的腿脚、机敏的反应能力所掌握的了不起的本事。他对牛也有着非常全面深刻的了解，这成为他坚实的职业基础。那时雨季刚过，天气渐渐清爽起来，春天的乡野更显得优美迷人。这使得看他的训练简直变成了一种莫大的享受。就我而言，这一切的快意舒适之中，只有一点令人不快的瑕疵，那就是他的风格无法打动我。

我不喜欢他舞动披风的方式。我有幸见过从贝尔蒙特开始以来的所有顶级的擅长挥舞披风的现代斗牛表演。但路易斯·米格尔显然并不属于那群人，即便在这样的偏远小乡村，也无法让他显得卓尔不群。不过这毕竟是小事，重要的是和他在一起我觉得很开心。

他很喜欢嘲弄别人，具有一种天然的讽刺能力。当我们邀请他和我们一块儿在古巴的庄园里逗留一阵时，很幸运地得到他的同意。我从他那儿了解到很多知识。每天，在我完成当日的工作后，我们总会在游泳池畔促膝长谈。当时，路易斯·米格尔还无意回到斗牛场上去。他一直流连于许多姑娘之间，往往今天兴起的念头很快就会被明天另外的想法所取代，所以一直没有中意的妻子。

晚上，他经常跟一个西班牙诗人出去。这位名叫阿古斯丁·德福克哈的诗人当时在西班牙大使馆里担任秘书。他十分懂得享受生活。在和德福克哈一起游玩的那段日子里，路易斯·米格尔和我们的司机胡安经常在天亮前后才匆匆赶回庄园。不过值得一提的是，米格尔确实曾经认真地想到也许能过上外交官的生活也不错。

他还想过要当个作家。如果欧内斯特①都能写作——我猜他

---

① 即海明威。

是这么推论的——那么写作一定是件挺简单的事。我也再三向他解释说，如果你有这方面的天赋，写作其实没有什么了不起的，并且我还告诉他我是如何写作的。于是有那么两三天，我们两个人一上午都各自闷头写东西，到了中午，他会把自己写的东西带到游泳池边给我看。

米格尔是一个特别讨人喜欢的人，也是一位十分体贴的朋友。我们交往期间，他给我讲了很多我以前从未听说的关于斗牛的事，这些事那么令人惊异。

然而这恰恰是让 1959 年的斗牛如此糟糕的缘由之一。如果路易斯·米格尔是一个令人切齿痛恨的家伙，不是我的朋友，也不是卡门的哥哥和安东尼奥的小舅子，那么情况也许不会变得像后来那么棘手。当然，可能其实这样也并不轻松，不过如果真的如此，你至少可以比较轻松地只站在竞争双方的某一边，而不是陷入无尽的纠结之中。

第二章

　　从 1954 年 6 月底到 1956 年 8 月，我们都在古巴工作。那时，我的身体状况很糟糕，因为背脊骨在非洲旅行的一次飞机事故中摔断了，我正努力锻炼争取复原。当时，谁也说不好我的背脊骨最终会恢复成什么样，直到要拍摄电影《老人与海》，为了电影的拍摄，我们需要钓一条大金枪鱼。于是，我不得不到秘鲁的布兰科角去检查一下骨头的恢复情况。没想到，医生带给我一个好消息，我的背脊骨终于可以挺得笔直了。等拍片的工作全部结束，整个 8 月我们都在纽约打发过去了。

　　9 月 1 日，我们从纽约乘船出发，打算经过巴黎进入西班牙在洛格罗尼奥①和萨拉戈萨②观赏一下安东尼奥的斗牛表演，然后再去非洲。当然，我们在西班牙也有些事情没有办完。

　　船在勒阿佛尔登岸的时候，我在许许多多乱七八糟的各色记者中，一眼瞄到了马里奥·卡萨马西马的那辆新型的旧兰西阿牌轿车。他是被吉安弗朗克从乌迪内派来顶替阿达莫位置的，因为在那之前，阿达莫已经是乌迪内及其周边的殡仪界中赫赫有名的大人物，以致他不得不与他的老顾客拆伙，就像一位拥有众多拥护者的产科医生那样，不得不做出艰难的选择。

　　阿达莫还写了一封信给我，说他因为不能再和我们一块儿分享西班牙的乐趣，打心底感到难过，不过他确信我们会发现马里奥的优点，这位赛车手兼刚入行的电视导演绝对无愧于他的家

----

① 洛格罗尼奥（Logroño）：地处西班牙北部的城市。
② 萨拉戈萨（Zaragoza）：地处西班牙东北部的城市。

乡：在那座城市里，人均拥有的兰西阿牌轿车数量是世界之最。马里奥还有其他的特长，例如能把一辆兰西阿牌车的车顶改造成绝对不输给驮骡的负载工具，用绳索把大大小小的包裹紧紧缚在车顶，冒着那股平常日子里总会有的强劲顶头风，傲然驶过那些不中用的梅塞德斯①牌汽车因无法装载而落在大道上的各种货品。他还是个法国人所谓的 debrouillard②，也就是说，如果他卷入什么麻烦，他总能设法脱身出去；无论你想要什么，他总有办法帮你大批弄到，或是从一位新交的、忠实的朋友那儿借来。他每晚在各式各样的车房和旅馆里结交这一类朋友。他虽然对西班牙语了解不多，但是混得相当不错。

我们到达洛格罗尼奥时，正好赶上斗牛表演。那场表演非常出色。牛全都是勇敢、壮硕的，跑得又快，而且没有用不合规矩的手段饲养过；剑杀手们则和牛贴得很近很近，他们尽可能在最近的距离内撩拨牛，每一个人都使尽了浑身解数。

最让我激动的是安东尼奥挥舞披风的情景，那无与伦比的手法让我兴奋得简直透不过气来。这可不是人们啜泣时的那种透不过气来的抽噎，就像法国被攻陷③时那张不朽的照片上法国人的模样一样，我的胸部和嗓子全部收紧，两眼蒙眬，不敢相信眼前的事实，那神情好像看到一件你以为死掉的东西突然原地复活那样。那种挥舞的手法几乎超越了人力的极限，他比我认为可能存在的最高超的技术更纯洁、更优美、更贴近也更危险；最神奇的是，他能牢牢掌控住那种危险，以测微计比例的精确度测量出正确的距离。与此同时，他始终没放松对脑袋两边那件致命武器的使用，那是一件在他腰部和膝部之间被他来回挥舞的细棉布披风，他用它轻松自如地控制住了一头半吨重而且攻势凶猛的牲

---

① 一种德国制造的汽车。
② 法语，意思是"八面玲珑的人，手腕灵活的人"。
③ 指第二次世界大战中德国打败了法国，入侵了法国大部分地区的事。

畜。一个人，一头牛，两个不断变幻的形象通过斗牛士那徐缓、富于指导性的舞披风动作结合起来，优美得如同艺术大师手下精致的雕塑品。

等这位出色的斗牛士做完第一系列贝罗尼卡①动作后，我和我的英国朋友鲁伯特·贝尔维尔以及有几十年观看斗牛比赛经验的胡安尼托·金特那都不知该如何用语言来形容眼前这个人带给我们的震撼。我们只能摇晃着脑袋用目光和表情示意，玛丽也激动地握住我的手，她的手心里汗津津的。

第二场表演拉开帷幕，安东尼奥将会做出几个他自认为最出色、最让人惊叹的精彩动作来，最后为了取悦我再将牛刺杀。他喜欢保密，我那时并不了解他的这一点心思。而他心中的秘密就是，他必须从正面对牛发动最后一击，也就是要技巧性地把左膝向前移动，同时把穆莱塔向前摆动，诱导牛向前冲；等牛往前冲时，他还要耐心等候；直到牛冲到跟前低下头，暴露出两片肩胛骨之间的那狭窄的缝隙时，他才迅速地将剑从手掌心里用手腕的力量直直地向前一推，猛地刺入牛背，随后马上向前倚着刀，这样在刀刺入牛的身体时，人和牛便会成为一体。这时候左手的动作非常关键，斗牛士必须要一直把穆莱塔的位置放得很低很低，引导牛头向下低垂跟着穆莱塔走，以免伤害到斗牛士。这是所有杀牛的方式中最美的一种。牛在最后这段表演中，将随时面临着被宰杀的命运。当然，对斗牛士而言，这个阶段也同样充满着危险。要是左手的动作没有完全控制住牛，导致牛一下抬起头来，那么牛角将会重创斗牛士的胸部。1956年的那个秋天，安东尼奥为了有趣，同时也是为了取悦于我，当然也有一些自负心理，他要做出一件别人做不到的事，采用正面刺杀牛的方式，来向观众彰显他超人的才华。

---

① 指斗牛士不在挪动脚步的同时挥舞披风的动作。

这些我原本是不知道的，直到斗牛季节过去，他把一头牛献给我，并对我说了下面几句话之后，我才明白。他说："欧内斯特，你我都知道，这头畜生毫无价值，不过我们可以试试看，看我能不能按着你喜欢的那种方式杀了它。"

他果然用那种方式结果了那头牛。不过在那次斗牛节落幕前，他和路易斯·米格尔共同的私人外科大夫兼老朋友塔玛米斯医师抱怨我说："你应该去劝劝他，叫他别把这事做得太过头。你知道牛角是最容易戳伤人的部位，而我是他的外科大夫。"

在萨拉戈萨观看完最后一次斗牛后，我从心里对这种表演生出一种厌恶感，决定暂停一段时间，不再去看斗牛。我知道安东尼奥能应付任何一种牛，从古至今他可以称得上最伟大的剑杀手。我不希望他失去这么辉煌的地位，或是被那些司空见惯的小诡计搞砸。我明白现在的斗牛方法要比以前危险得多，斗牛士需要和牛更加靠近，而且表演得看上去也确实比从前更出色；我也明白，要做到这一点，他们需要那种半公牛的帮助。当然，就我个人而言，这无所谓。只要半公牛身材看上去足够壮硕，也令人满意，只要不是一头小公牛①或是已经满三岁的牛，并且它的角还没有被人工削磨过，身体也没有受过任何伤害，那么就让他们使用去吧。但是有些时候，在某些地点，他还是不得不跟真正的公牛较量一番。我知道他能应付这一切，就像从前那些伟大的斗牛士一样，他和真公牛一起也能斗得十分精彩。

后来，路易斯·米格尔娶了一个美丽的妻子，放弃了悠闲的退休生活，重新回到了斗牛场。不过他主要在法国和北非表演。有人告诉我，在法国，所有参加表演的牛全都被修剪过牛角；因此我对于那样的表演毫无兴致，决定等米格尔回到西班牙之后再去看他的表演。

---

① 原文为 novilo，西班牙语，指斗牛表演中使用的不满三岁的小公牛。

于是我们暂时回到了古巴，整个 1957 年都埋头在繁忙的工作里；1958 年，我基本在两个地方度过：要么是古巴，要么是爱达荷州的凯彻姆。我的身体状况一直都不是很好，玛丽每天都细致体贴地照顾着我，很是辛苦；而我做了大量的康复练习后，终于又变得健康起来。

1958 年安东尼奥的表现非常了不起。有两回我们差一点准备飞越重洋去看望他，可我正在忙着写一部小说，我的写作工作不能中断。

我们只好邮寄了一张圣诞卡片给安东尼奥夫妇。信中，我顺便告诉安东尼奥，虽然我们很遗憾地错过了 1958 的斗牛表演季节，但是无论如何，绝不会错过 1959 年的这一季。我们将在五月中旬前赶到西班牙，去马德里参观圣伊西德罗集市日。

离出发的日子还有一段时间，我不想离开美国，而等我们抵达古巴后，又不愿意离开那儿。墨西哥湾带来的洋流①正从对岸向这里不断涌来，就在我们乘船赶到阿尔赫西拉斯②港的前一天，我搭乘"皮拉尔"号顺着海岸线一路驶往哈瓦那时，那种个头很大的黑翼飞鱼刚好在海面上出现了。我很遗憾错过了生命中在湾流上航行的一个春天，但是我曾在圣诞节许下这样的诺言，说我一定会去西班牙。不过，许诺时，我也有所保留，说如果斗牛表演掺了虚假成分，那么我就不会再逗留，而是回到古巴去，同时我也会向安东尼奥说明我不再留在西班牙的原因。如果出现这样的事，我不会向其他人说什么；但是安东尼奥，我想他一定能理解我。最后的结果是，我不愿意为除了斗牛之外的任何其他事情而错过那年的任何一个季节。错过它是多么令人悲伤，但仅仅注视着它同样是可悲的。并且它也不是一件你能够错过的事。

---

① 指每年从墨西哥湾起始，一路沿美国东海岸流向北方的海洋暖流。
② 阿尔赫西拉斯（Algeciras）：地处西班牙南部直布罗陀海峡上的海港。

第三章

　　在"宪法"号上航行的这段日子里，天气变化无常。刚开始晴空万里，阳光明媚，不过这样的好天气只持续了短短的一天时间。接下去恶劣的天气便接踵而至，乌云翻滚，阴雨连绵，海面上波涛汹涌，特别是船后侧方的海浪更加凶猛，让人惊心动魄。这种情形差不多一直维持到船到达直布罗陀海峡。"宪法"号是一艘令人舒适的大船，船上有许多友善亲切的旅伴。我们尊称那条船为"宪法号希尔顿大饭店"，这条船似乎是我搭乘过的所有海上运输工具中最缺乏载具气质的一艘船。也许管它叫"喜来登大酒店——宪法"号更准确些，不过我们决定把这个名字留到下一次乘载时再使用。跟搭乘以前那些"诺曼底"号"法兰西岛"号或是"自由"号什么的大船相比，在"宪法"号上的生活就像住在任何一家顶级的希尔顿大饭店里一样，绝不是那种随便在巴黎大饭店靠花园的位置要了一套房间应付一下的感觉。

　　在阿尔赫西拉斯上岸之后，我们乘车去比尔·戴维斯家拜访。戴维斯的家在马拉加上面被称作"领事馆"的一所别墅里，他和妻子安妮以及两个孩子都住在那里。大门不上锁的时候，会有一个哨兵在门口值班站岗。别墅的院子里有一条砾石铺成的很长的车道，两边种满了笔直的柏树。此外还有一个绿树成荫的大花园，植满了各种花草树木，简直和马德里的植物园一样漂亮。花园里有一所看起来很气派的阴凉屋子，有好几个大房间，走廊里铺的草垫都是用细茎针茅草芦秆①编织成的；每一间房间都放满了书，墙壁上还挂着一些古朴的地图和精致的艺术作品。据戴维斯介绍，寒冷的时节，还会挂些壁炉抵御严寒。

别墅里还有一个游泳池，池里的水是从附近的山泉引过来的。那里非常清静，连电话也没有装。你还可以不穿鞋子走来走去，五月的天气还很凉爽，最舒适的其实是穿上软拖鞋在云石楼梯上散步。那里准备的食物非常精致可口，酒也是顶级的好酒。人人都忙于做自己的事，很少有谁去打搅别人。每天早上醒来的第一件事，我便是习惯性地走出房间，来到能将屋子二楼环绕一周的长阳台上，一边顺着园内松树的梢头朝远处的高山和海洋眺望，一边静静聆听那片松涛声。每到此时，我就深深感到自己找到了一个前所未有的适于工作的好地方，一想到这儿，我就会立刻开始工作。

那时正是安达卢西亚②春季斗牛表演临近收尾的日子。塞维利亚周日已经结束，路易斯·米格尔本打算在"宪法"号于阿尔赫西拉斯登岸的那天举行这一季中的第一次斗牛表演，地点定在西班牙的赫雷斯－德拉弗朗特拉③，但结果在我们的期待中送来的不是请柬而是一张医师证明书，上面说米格尔因为食物中毒，不能出场表演了。这一切简直糟糕透了。我能想到的最好的事就是在"领事馆"长住一段时间，一边工作一边游泳，或是偶尔观看一场在附近举行的斗牛表演。不过我必须履行对安东尼奥的诺言——在马德里和他会合，去看圣伊希德罗周日的斗牛。不过当

---

① 原文为 ieespato，西班牙语，指原产于西班牙、北非等地区的细茎针茅，可用来编绳、制鞋、造纸等。

② 安达卢西亚（Andalucia）：地处西班牙南部的地区，一面临大西洋，一面临地中海。

③ 赫雷斯－德拉弗龙特拉（Jerez de La Frontera）：地处西班牙南部的城市，生产的雪利酒非常有名。

下我最需要做的事情，是完成《午后之死》这篇文章附录工作余下的文字。

5月3号，安东尼奥在赫雷斯表演斗牛，鲁伯特·贝尔维尔告诉我，大伙儿全都期盼着我们也能在那儿。那场表演结束之后，鲁伯特开着一辆外形酷似甲壳虫的灰色大众牌①轿车来到"领事馆"。那辆轿车与他那六英尺四英寸高的身材搭配得刚刚好，在我看来，那简直比战斗机的驾驶员座舱更适合他。对于那次缺席，安东尼奥曾向他们解释："欧内斯特要工作，我也要工作。我们很早就约好这个月中在马德里碰头。"正好那天胡安尼托·金特那也跟鲁伯特一块儿来了，我就向他问起安东尼奥最近的状况。

"他现在正处在巅峰期，"胡安尼托兴致勃勃地说，"他的自信心比以前更足了，而且也非常安全。你会发现他始终在朝牛逼近。总之，等你有机会看到他的表演你就明白了。"

"你看得出来有什么不太对头的情况吗？"

"没有。我觉得一切都很正常。"

"那他是用什么样的手法来杀牛的呢？"

"刚开始，他刺得角度很高，剑穿越过去的动作非常完美，但同时，他的穆莱塔拿得相当低。如果他第一次刺中的是骨头，那么他下次刺击时，就会把剑轻轻地往下移动一点点。那角度仍和原来差不多，只是稍稍地往下一点点，这样就碰到了牛的动脉。这时，他会很清楚还要往多高的位置点，然后就按着自己推算出的结果刺进去碰碰运气，不过现在看来，他已经能熟练地避开骨头了。"

---

① 指德国大众汽车公司（Volkswagen）制造的轿车。

"你一直认为咱们对他的预估是正确的吗?"

"没错,他确实是个好汉,跟我们之前想象的一样出色;他受到的惩罚并没有削弱他的斗志,反而成了使他变得更强大的动力。"

"路易斯·米格尔呢?他最近怎么样?"

"他的情况还真不好说。去年他曾经在维多利亚①跟一头真正的牛斗过一场,那是一头米乌拉斯牛,不是我们以前见过的那种老弱病残的家伙。那真是一头相当不错的牛,而且是地道的公牛。米格尔应付不过来。牛反过来却支配了他,他一向扮演的可都是支配者的角色啊!"胡安尼托叹息道。

"那他有没有在那种不掺水分的斗牛场斗过呢?"我很着急知道事态的发展。

"也许有那么几次,但肯定不太多。"

"他状态还好吗?"

"大伙儿都说他状态简直棒极了。"

"他也应该这样。"

"没错,"胡安尼托说,"斗场上的安东尼奥就像一头雄狮。迄今为止,他已经受过十一次重伤了,可每次负伤都让他比以前更坚强。"

"他大概每年都有那么一次吧。"我说。

"没错,每年总得有那么一回。"胡安尼托附和道。

谈论这些时,我们正站在花园里,身旁立着一株高大的松树。我用手敲了敲树干,猛烈的风正好从树梢上呼啸而过。那一年的春夏二季,甚至在斗牛的日子里,风都一直那样猛烈地刮着。我第一次见到那样多风的西班牙的夏天;谁也记不得在那个

---

① 维多利亚(Vitoria):地处西班牙北部的城市。

多风的斗牛季节里，发生过多少起斗牛士被严重抵伤或被牛角戳中的事故。

我认为，1959年大批剑杀手多次出现严重受伤的事故，首要因素应该是那股烈风，因为披风和穆莱塔都是剑杀手斗牛的主要工具，而风会在剑杀手舞动它们时把它们掀起来，让斗牛士的身体暴露在它们的保护之外，成为牛攻击的目标；其次，也许是因为安东尼奥太优秀了，以至于其他的斗牛士都想着要胜过他，甘愿冒着如此危险的风，想要做到安东尼奥所能做的一切，结果这不切实际的目标害了他们。

当然，斗牛如果没有竞争，就谈不上有什么意义。但如果竞争对手是两个都很伟大的斗牛士时，这场比拼就会变得十分残酷甚至还带着致命的危险。因为如果一个斗牛士能做出一个其他人都做不出的招式，而且还反复展示时，那么这个动作就不是一个大家都可以学的独门动作，而是一种绝对危险而致命的表演。它的展示完全依靠斗牛士的强悍的精神力量、长年积累的准确判断形势的经验、莫大的勇气和高超的技艺才能做到。当第一位这么做的斗牛士一步步稳健地增加那一招的致命性时，另一个试图超过他的斗牛士必须做得不比他差才能被人认可。可在这样艰难的努力中，斗牛士万一判断出现了哪怕很一丝很微小的失误，也很可能受到重伤，甚至送命。于是，通常第二位斗牛士不得不借助于诡计。可一旦观众明白诡计和真功夫的差别，他便永远成了竞争中的输家；如果他还能活着，或是仍在继续他的斗牛职业生涯，那么他真的太幸运啦。

我和胡安尼托·金特那是相识三十四年的老朋友，在这次谈话之前，我们足足有两年没有机会好好聊天了，所以那天上午散步时我们聊了很多很久。我们讨论斗牛这个行业出了哪些弊病，那些从业者们使用了什么办法来去掉这些弊病，以及我们觉得什么补救方法才真正行得通，哪些想法其实并不切合实际。我们俩都清醒地意识到，斗牛这个行业几乎要被种种弊病摧毁了。那些长矛手总是在牛半死不活时，让它流血，他们把长矛尖反复刺进同一个伤口，使劲转动，刺进脊骨、肋骨或是任何可以毁了牛的部位，而不是堂堂正正地想办法真正地去刺杀它，用真正富有技巧的手法使牛疲惫，使牛稳定，使牛按照自己的预想低下头，从而可以从正面杀死它。我们俩都明白，长矛手犯的任何"过错"，都是他的剑杀手的责任，如果剑杀手太年轻，并且缺乏权威，那就是他信任的短标枪手或经纪人的责任。斗牛行业里那些弊病，几乎全都是经纪人一手造就的，不过如果剑杀手不同意他的经纪人那么做，是可以提出抗议的。

后来，我们的话题转移到路易斯·米格尔和安东尼奥两人的经纪人身上。他们两个的经纪人是路易斯·米格尔的两个哥哥，多明戈和佩培·多明吉。我们这两个老头子都一致认为那是一个相当令人尴尬的分配金钱的方式。因为路易斯·米格尔一直觉得自己在门票收入方面比安东尼奥的贡献更大。因为他认为他成名和参加演出的时间都比安东尼奥早，大部分观众是冲着他来的。而安东尼奥却强烈地坚持，自己比米格尔优秀得多，而且每次出场时总要刻意表现出这一点。这种情况严重影响了他们之间的和睦，虽然对斗牛而言，这算是件好事。当然，这种关系总是暗藏着不知何时会出现的危险。

时光飞逝，一眨眼工夫，5月就过去了12天。每天早晨我都早早起床工作，然后在午间休息的时候游一会儿泳作为放松消遣，这种严格的劳逸结合的生活方式，使我的身体始终保持着健康。午餐我们一般吃得很晚，有时会先到市里收取报纸和邮件，然后再去博伊特。那是一家夜总会，就在西梅农外面。我们在马拉加市中心海滨的大米拉马酒店里，几乎和那里的员工成了朋友。随后，我们再返回山里，往往折腾到很晚才吃晚饭。

有一天，我们驾车去马德里看斗牛。在一片有些陌生的乡野小道上驾车，视野中所有的距离似乎都比真实情况要显得长一些，而路况不好的地段看上去也比实际糟糕得多，更别提大道上危险的拐弯处了，而陡峭险峻的上坡路的坡度也比实际更加危险。等到从马拉加沿海向上行驶，翻越海岸线上连绵起伏的群山后，情况也未见什么好转，就算你摸透了所有的转弯的位置、厘清所有你能够利用的有利条件后，整个旅行还是前景不妙，令人担忧。最糟的是，这趟旅行的司机是别人推荐给比尔的。他在从马拉加第一次驶往格拉纳达①、驶往哈恩②的路上就奇险迭出，让人惊骇不已。似乎每转一个弯他都会出点纰漏，我觉得整个驾驶过程中功劳最大的当属汽车的喇叭。要不是它一路尖声吆喝着提醒那些装载过重、向下驶来的卡车，向它们暗示对面有个可能很麻烦的司机正迎面奔来，我们极有可能出大事故。而且万一出了什么差错，那些卡车司机也根本无法搭救我们。他无论向上爬坡还是向下行驶，都让我冷汗直流，心里发虚。在一次车向上行驶时，我试着回头看那片一直绵延伸展到大海的山脉，看那在我们脚下延展开的山谷和石头建造的小镇，以及一块块色彩鲜艳的农田。我又试图把注意力转移到那些生机勃勃的树木上，放眼望去，首先映入视野的是一棵树皮被剥开、只剩光秃秃的深色躯干的沮丧的大树。在一个拐弯处，我向下眺望，只见山谷一片幽深黑暗好像没有止境，再望望那爬满荆豆的田野，一块块造型突兀

---

① 格拉纳达（Granada）：地处西班牙南部的古城，曾经是中世纪格拉纳达王国的首都。
② 哈恩（Jaen）：地处西班牙南部的城市，坐落于格拉纳达以北。

的石灰石野蛮地伸出头来，向前延伸到高耸的石头峰顶。最终我决定听天由命，接受这次令人手足无措、惊心动魄的危险旅行，然后平静地向司机提出一些建议，或者就车速或驾驶手法作一些吩咐，尽量设法使旅行自杀性的倾向小一些。

在哈恩，这个司机差点儿在街上撞伤行人，因为他完全不顾还有其他人在和他一起使用这条街道，只管自己往前冲。不过多亏了这次险些闯祸的小事故，司机才变得稍微能接受别人的一些建议。这段路还比较好走，我们便抓紧时间赶路，在巴伊伦①渡过了瓜达尔基维尔河②之后，又穿过另一片高原，进入了莫雷纳山区。巍峨高大的莫雷纳山矗立在我们的左侧，默默看着我们驶过纳瓦斯·德托洛萨，翻越高耸入云的连绵群山。据说，卡斯蒂列、阿拉贡和纳瓦拉③的那些基督教国王们在古老的年代里曾在那个地方击败了摩尔人④。一旦关卡被攻克，那片地区就成了最好的战场。汽车驶过这里，不免让人浮想联翩，联想到假如时光回到1212年7月16日⑤，从这里穿过会付出什么样的代价，还有眼下这片现在看来光秃秃的山区草场在几百年前会是什么样子，想到这里，心里便不由得涌起一种奇怪的情绪。

接着，汽车又要载着我们笔直地向上攀爬了，转过几个弯后，便来到德斯佩尼亚佩罗斯隘口。这个隘口把安达卢西亚和卡斯蒂列明显分开。安达卢西亚人总是说，在这个隘口以北，从来就没有出现过真正优秀的斗牛士。车到了这里，我们终于感觉能

---

① 巴伊伦（Bailen）：地处西班牙南部的城镇，是一处采矿中心。

② 瓜达尔基维尔河（the Guadalquivir）：地处西班牙南部的河流，向西流入加的斯湾。

③ 卡斯蒂列（Castile）、阿拉贡（Aragon）和纳瓦拉（Navarra）都是中世纪时期西班牙境内的基督教王国。

④ 摩尔人（the Moors）：非洲西北部阿拉伯人和佩佩尔人的混血后代，公元8世纪时成为伊斯兰教教徒，入侵并统治了西班牙。

⑤ 1212年7月16日，在纳瓦斯一德一托洛萨，西班牙基督教王国的国王们将摩尔人打败。

轻松一些了。这里的大路修得很平整，对任何稍微有些职业素养的司机来说都很安全。大路边有不少小吃店和小旅馆，后来我们经常去那里，以至于和那里的人混得很熟。不过第一次路过的那天，我们并未在此停留，而是继续向前，驶过隘口，前方的道路变得更加平坦安全了。我们在下一个小镇上暂作休息。我注意到大路急转弯的附近有一所房子，两只鹳鸟正在屋顶上修建自己的巢。巢刚筑一半，雌鸟看起来尚未产卵，它们还处于热恋阶段。雄鸟时不时用嘴轻啄着雌鸟的脖子；雌鸟便抬起头来望着雄鸟，神态中饱含禽类所能有的全部热忱，然后向四处张望。这时，雄鸟便会又去轻啄一下雌鸟，看起来其乐融融。我们在那儿停留了好大一阵子，玛丽还专程拍摄了几张照片，但光线不是很理想。

当我们穿过瓦尔德佩尼亚斯①的那片平坦的、盛产葡萄酒的乡间原野时，葡萄树还只有巴掌那么高。一大片一大片葡萄树画卷般铺开，一直延伸到那些黝黑的小山麓。和公路呈平行线的还有一条大车道，大车道的边上有很多洗沙浴的鹧鸪，为了避免不小心撞到那些鹧鸪们，车谨慎地行驶在新建的平坦的大路上，横穿过那片原野。

我们留宿在曼萨纳雷斯②政府招待所里，在西班牙文中，那里叫 Parador。那里距离马德里不过一百七十四公里，但是我们希望能在白天驶过乡野，斗牛表演第二天下午六点整会开始。

一大早，大家都还在睡梦中，我和比尔·戴维斯就起床了。我们顺着一条小路一直走了大约三公里，越过一片矮小但刷得粉白的斗牛场，那里是伊格纳西奥·桑切斯·梅希亚斯受到致命重伤的地方。随后，我们进入古老的拉曼查③，顺着狭窄的街道一

---

① 瓦尔德佩尼亚斯（Valdepeñas）：地处西班牙雷亚尔城省的镇市。
② 曼萨纳雷斯（Manzanares）：地处西班牙雷亚尔城省的城市。
③ 拉曼查（La Mancha）：地处西班牙中部的高原地区。

直走到大教堂广场。一些身穿黑衣、一大早就出来买东西的人们正选择了一条偏僻的小路回家，那条路和我们返回的方向正好相同，于是我们也抄个近道跟在他们的后面。我们看见一个整洁的、经营有序的大卖场，里面陈列的商品琳琅满目，不过大部分顾客还是很挑剔，他们的不满主要针对那些商品的价格，尤其是鱼和肉。在马拉加的那段日子，我因为不懂那里的方言，时常感到心情郁闷。所以现在听见字正腔圆、清晰优美的西班牙语，意识到他们说的一切我全都听得懂时，感觉非常美妙。

我们找了一家小餐馆，点了牛奶、咖啡和一些做工精美的小面包，然后就着几片曼契甘酪，灌了几小杯烈性散装葡萄酒。酒吧间的伙计告诉我们，如今很少有旅客在小饭店门口停留了，因为新的大道绕过了这个城市。

"城镇马上就要消失了，"他抱怨着，"除了有热闹集市的日子，人们不会再来这里。"

"今年酿酒的情况怎么样？"我随口问道。

"这还真不好说，"他看看我，"你了解的情况挺多嘛，我们这儿的酿酒业一直挺好的，葡萄树要是疯长起来，简直像野草一样。"

"我非常喜欢它。"

"我也一样，"他回答说，"但正因为如此，我才认为它很糟。以前我从不会浪费精力去批评那些自己讨厌的东西。不过现在可不是这样了。"

吃完早餐，我们快步赶回旅店。回程是一条上坡路，正好可以锻炼一下身体。我们渐渐走远，只留下城镇在我们身后伤感地静卧着。

回后不久，我们把行李打包装车，又要开始新的征程。汽车开出院门，驶上通往大道的路上。这时，司机快速地在胸前画了一个"十"字。

"有什么问题吗？"我问。我们从阿尔赫西拉斯驶往马拉加的第一晚，他就这样在胸前画过"十"字。我那时以为，大概是刚好经过一个出过可怕事故的地点，他才这样做，所以也跟着默默地肃然起敬。但今天天气晴朗，前方的道路看起来也无比平坦顺畅，我们要走的路也并不遥远，看不出有什么一定要神明庇佑的地方。而且，这几天我跟司机聊天时发现，其实他并不虔诚。

"没，没什么，"他说，"只是祈祷我们能顺利抵达马德里。"

我在心里暗自不满，我付给你钱，并不是要你祈求上帝帮忙开汽车的，就算你一定要邀请他老人家做副驾驶，也该先尽好自己的本分，至少该仔细察看一下轮胎有没有问题。不过转而我就平心静气了，我又想起了大千世界中那些不为人知的可怜的弱势群体们，斟酌了一下在这短暂的人生中团结一致有多重要，最后还是撇开心中的不满，也照他的样子在胸前画了个"十"字。接下来，为了表明我的祈祷并不仅仅出于狭隘的自我保护意识，我又继续向命运女神祈祷，为所有那些在监狱里关押着的可怜人，为所有那些罹患不治之症的朋友们，为所有活着和死去的少女们，也为那天下午安东尼奥会选中几头出色的牛做搭档而祈祷。其实，即便是为自身安全祈祷，我们的行动也稍嫌着急躁了点，我们要在西班牙的大路上度过三个月的时间呢。而且就算祈祷中捎带了安东尼奥，也无法证明我不是自私鬼，如果那三个月我们都和斗牛士在一起的话。后来，我得知安东尼奥那天下午没选到几头好牛，而我们在穿过拉曼查和新卡斯蒂列大草原时也遭遇了一次危险的意外，不过最终平安抵达了马德里。抵达不久，我们便做出了一个公正而伟大的决断——立刻把司机打发回马拉加。

因为我们在苏埃夏大饭店的大门外发现，他甚至不清楚在一个城市里如何停车。最后，还是比尔·戴维斯替他完成了这项任务，之后，比尔就自然而然地顺势接管了剩下的日子里所有的驾驶工作。

苏埃夏是一家十分舒适的新旅馆，就坐落在旧科尔特斯大饭店的后面，从马德里旧城区步行没多久就能走到。我们从更早到达这里的鲁伯特·贝尔维尔和胡安尼托·金特那里得知，安东尼奥昨天晚上是在威灵顿大酒店过的夜。那个酒店所处的位置是外边时尚的新区，大部分新旅馆都聚集在那儿。他家聚集了不少记者、粉丝、追随者和赞助人。他想躲开这些人好好休息一晚上，就穿好衣服，悄悄地离开了家。再说，威灵顿酒店离斗牛场也很近。就圣伊西德罗时代的交通状况而言，尽量缩短行程是非常明智的选择。安东尼奥喜欢到达斗牛场后还有一段充裕的时间放松自己；因交通堵塞耽误行程安排会影响大多数人的心情。这对斗牛来说是最重要的准备工作。

安东尼奥住宿的旅馆套房里挤挤挨挨的全是人。大多数我都没见过，只有几个我看着有些面熟。他们大多数是些中年人，只有两个年轻的面孔。一群懂行的内部追随者聚在客厅里，这些人中有不少人的本职工作跟斗牛事业有关。其中还有不少记者，我认出有两个是法国画刊派来的，他们都带着摄影师。大家全都摆出一副严肃的样子，唯一看上去一脸轻松的人就是安东尼奥的大哥卡伊塔罗和他身边的持剑助手米格利略。

眼下，卡伊塔罗关注的问题是我是否还保留着一只银制的伏特加酒壶。

"留着呢，"我说，"万一有什么紧急情况，说不定能派上用场。"

"现在就遇到紧急情况了，欧内斯特，"他说，"来，咱们到外边聊聊吧。"

我们走出房间，彼此嘘寒问暖了一番，然后就回来了。我进去看看安东尼奥，他正在更衣室里穿衣服。

看上去他和平时没什么不同，只是显得更成熟了一些，而且因为在牧场上生活的那段时光，皮肤晒得有些黑。他看起来既不紧张，也不严肃。再过一小时一刻钟的时间，他又要去斗牛场搏杀了，他比任何人都清楚那意味着什么，也明白这是他必须做以及想要做的事情。对这次见面我们都感到很高兴，我们之间的默契也和过去完全一样，丝毫不差。

我不大喜欢长时间待在更衣室里，在我们互相问候并约好晚上大家一同就餐之后，我就告辞说："那我先走了。"

"你看完表演后会再来吗？"他问道。

"当然。"我回答。

"待会儿见。"他说着，同时脸上露出一丝坏孩子般的微笑，那是即便在马德里斗牛季节第一场斗牛来临之际，仍能自然、轻松、发自内心展现出的快乐笑容。他虽然在想着斗牛，但是他并不担心这件事。

我们当天看的那场斗牛很糟糕。在满场的观众面前，牛退缩了，它表现出犹豫不决的姿态，向前冲到半路就停了下来，似乎连要不要向马儿发动冲锋也拿不定主意，因为它们吃了太多的谷物，后腿缺乏力量，撑不住那么巨大的身躯，以致有几头向马发动攻击的牛，不得不中途停下来。维多里安诺·巴伦西亚正在努力证明自己已经成为马德里正式剑杀手的替补，不过他那天的表现让大家觉得他还只不过是一个学徒。也许他有过几次不错的发挥，但绝非前途一片光明的选手。胡利奥·阿巴里西奥本是一个技术全面、很有经验的剑杀手，但在这场搏斗中，他对牛动向的掌控和场内调度都显得十分笨拙。他没有通过什么有效的努力去吸引牛向前冲，反而把大部分时间浪费在等待牛冲上来。他本应该想方设法促使牛冲上来的。这是一类剑杀手常犯的错误。他们一般在早期职业生涯中挣了不少钱，现在缺乏向牛主动索取胜利的冲劲，只想安安全全地等候着牛冲过来。整场赛事，阿巴里西奥对他那两头牛中的任何一头都没施展什么有价值的动作，也并没有表现出什么风格。不过好在他最终干练而迅捷地刺中了它们。尽管如此，他仍没能向观众甚至自己表现出与其他人相比有什么高超的地方。因此观众们都不太在意他。

最后还是安东尼奥挽救了全局，使这场斗牛表演不至于成为一场灾难，并且他也第一次向马德里展示，自己是个什么样的斗牛士。他的第一头牛很是糟糕，见到马便踌躇起来，完全缺乏笔直冲刺的信心，但是安东尼奥利用那舞动披风的优美动作巧妙地使牛振奋起来，让它的斗志越来越强大，让它敢于从越来越近的距离内过来攻击他。观众们像看魔术一般眼睁睁看着他把那头废牛变成了一头有价值的牛。安东尼奥对人生的理解和丰富的斗牛知识，似乎通过什么无形的传送方式对牛的头脑产生了影响，使牛渐渐明白斗牛士希望它怎样行动。就算牛产生自暴自弃的念头，安东尼奥也会巧妙而坚决地替它矫正过来。

自我和他再度相见那一刻，我就发现他每时每刻都在进步，他那经过千锤百炼的舞动披风技术已经变得炉火纯青。那是对全世界剑杀手心中最理想的牛能施展出的优美动作，那动作可以掌控任何一头牛。他的每一次闪避都将牛牢牢控制住，他用坚定的意志和高超的技法指引着牛，使牛整个身躯最近距离地掠过人体，而人则用披风的褶层控制住牛，然后让牛不知不觉地折转过去，并再一次朝前冲。整个过程中，牛角始终被控制在距离人体几公分以内，而他挥舞披风的姿态就像电影里或梦境中的慢动作那样优美。

对于挥动穆莱塔，安东尼奥并没有什么诀窍。现在，牛完全听从他的指挥。他从头至尾没做出伤害它、强行扭转它或是惩罚它的事，他只是让牛的斗志得到了新生，然后慢慢加以完善，使牛完全信服于他。他舞动穆莱塔从正面召唤牛，诱使牛从他身旁快速冲过，然后让牛在他身边兜圈子，随后用老练的胸前闪避法，使牛角几乎紧贴着掠过他的胸部，随即手腕一转，让牛摆好架势，面对被刺杀的命运。

虽然他瞄准的是牛肩胛骨顶部那块最高的地方，但遗憾的是，他的第一次刺击刺到了牛骨头上。他立刻让剑由牛角上边弹出来，这回，他又瞄准了同一地点，把剑深深地刺了进去，一直没入剑柄圆头下的护手盘那儿。等安东尼奥手指染上牛的鲜血时，牛已经死了。不过有那么一会儿牛并没意识到怎么回事。安东尼奥将一只手高高举起，注视着牛，指引着牛走向死亡，就像他指导自己这短暂一生中的每一次表演那样。牛最后突然抽搐了一下，倒在了地上。

他的第二头牛倒是身强体壮。只见它一路狂奔着出来，可刚跑到马面前力量就耗没了，只得在冲刺中途慢了下来。它身体的协调性似乎很糟糕，总是一会儿把准头放在左角，一会儿又换到右角，进行着缺乏理智的盲目挑刺。它自身的防御状态也同样乱七八糟。这头牛看起来非常紧张，甚至有些歇斯底里，不论安东尼奥从哪个方向挑逗它，诱导它，它都拒绝伸直身子。通常，每头牛都有自己独特的方位感，在斗牛场的某些位置会变得更自信，但这头牛很麻烦，尽管安东尼奥尽量靠近他，低低地、有节奏地撩拨着它，用放得很低的闪避姿态惩罚它，迫使它转向自己，终止那种毫无效果的野蛮冲撞和那种愚蠢的挑刺及奔跑。在这种撩拨下，牛却又变得十分胆怯，以至于原地不动了，陷入了一种静默式的歇斯底里中。这种情况下，斗牛士没法和牛产生什么精彩的互动并保证自己不受伤。自从有斗牛表演以来，对待这种牛只有一个办法：干脆除去它。安东尼奥也是这么做的。

后来，安东尼奥回到威灵顿大酒店楼上的房间里休息，淋浴后他坐在床边问我："对第一头牛满意吗，欧内斯特？"

"你很清楚，"我说，"大家也都很清楚。是你造就了它。你创造了一头新牛。"

"没错，"他说，"这结果总算还过得去吧。"

当晚，我们在露天餐厅"科托"共进晚餐。那家老饭店旁边有一个布满树荫的花园，花园正对着普拉多博物馆。当时我们都情绪高涨，因为安东尼奥在第一场斗牛表演中的表现让人叹为观止，明天他可以休息一天，这是两场斗牛表演之间非常理想的间隔时间。牛栏里有些能唬住很多人的拉风装备，天气的恶劣程度大家都难以预测。除了我们这伙人以外，在场的还有诺洛·塔玛米斯大夫、他的妻子、两个养牛人以及安东尼奥和卡门。塔玛米斯大夫是安东尼奥和路易斯·米格尔的私人外科大夫，他们也是多年的老朋友了。这群人如今又聚到一起，真是令人开心不已。我们天南海北地聊着，还拿许多事情肆无忌惮地开玩笑。安东尼奥像所有充满勇气的人那样，总是无忧无虑地拿一些严肃的事情开玩笑。不过有一次，当他无视自己的缺点又取笑别的人时，我严肃地对他说："那么高贵善良的你今天对朋友表现出的刻薄，又能说明什么呢？"

阿巴里西奥是安东尼奥的好朋友。记得有一回集市日斗牛表演，阿巴里西奥被搞得焦头烂额，最后，他急切地想向观众证明，想要用披风对他抽中的这头倒霉的牛做出什么精彩表演是不可能完成的任务。然而就在再一次把牛引开时，安东尼奥却插手了，他将牛从马前面引到一边，对曾让阿巴里西奥束手无策的那头牛连做了六个优雅动人、舒缓有致的贝罗尼卡动作。这个举动彻底毁掉了他朋友的声誉，让观众意识到如果之前的那个斗牛士更有勇气、更有技巧一些的话，那头牛其实也能被很好地使用。"我告诉过他我很抱歉了。"安东尼奥事后对我解释说。

5 月 5 日，路易斯·米格尔在西班牙阿斯图里亚斯①的奥维耶多②表演了一次斗牛，得到了两头牛的耳朵。5 月 16 日，他又在塔拉韦拉 – 德拉雷纳③举行了第二次表演。那天正是安东尼奥在马德里展现超人技巧，将那头废牛重新改造的日子。在塔拉韦拉，路易斯·米格尔的表演大获成功，他的对手是两头萨拉曼卡④牛，米格尔得到了第一头牛的两只耳朵和尾巴以及第二头牛的两只耳朵。那时米格尔状况非常好，在巴塞罗那连续两天举行表演。只是在塔拉韦拉表演时，斗牛场上有几个空位。

除了在西班牙举行的那两场斗牛表演外，路易斯·米格尔已经在法国举行过三场非常成功的表演，分别在阿尔勒⑤、图卢兹⑥和马赛⑦。观众们都赞不绝口。但告诉我这些消息的人还说，在这几场斗牛表演中，牛角全都被不同程度地固定住了。隔了一天，他又要在尼姆⑧表演了，安东尼奥将会和他在同一座大罗马竞技场内表演，只是日子比米格尔的晚一天。我很喜欢尼姆，但

---

① 阿斯图里亚斯（Asturias）：地处西班牙西北部的城市，从前是个王国。
② 奥维耶多（Oviedo）：地处西班牙西北部的城市。
③ 塔拉韦拉 – 德拉雷纳（Talavera de La Reina）：地处西班牙中部的城市。
④ 萨拉曼卡（Salamanca）：地处西班牙西部的城市。
⑤ 阿尔勒（Arles）：地处法国东南部的城市。
⑥ 图卢兹（Toulouse）：地处法国南部的城市。
⑦ 马赛（Marseills）：地处法国东南部的港口城市。
⑧ 尼姆（Nimes）：地处法国南部的城市。

对马德里也依恋不舍，因为我们刚刚在那儿安顿下来，实在不乐意再跑上一段漫长的路去看那些被处理过牛角的牛如何被戏耍，因此决定留在马德里。

那时，整个斗牛行业的运营状况都不太乐观，经纪人贪婪无度，想得到巨额的表演费，便组织安排路易斯·米格尔和安东尼奥在公开表演中同场斗牛。因为当时只有这两名斗牛士能使观众坐满斗牛场，又能索要高额的票价。他们两人我都认识，跟安东尼奥可能更熟悉一些，我知道他现在赚的钱比路易斯·米格尔少不少，所以我知道这场斗牛对他有多么重大的意义。

安东尼奥和米格尔两人接连几天的表演都取得了巨大的成功。17日，路易斯·米格尔在尼姆割去了第二头牛的一只耳朵。18日，安东尼奥把他斗的每一头牛的耳朵都割去了一只，还把最后一头牛的耳朵和尾巴全都割下了，他甚至帮助埃尔·特安内罗杀了一头牛——当时那头牛冲进场内，埃尔·特安内罗试图单膝跪着用披风做一个闪避动作，结果他被牛角挑起高高地抛甩到空中，以致左胳膊上添了一条三英寸长的伤口。

国内不少地区的观众对安东尼奥的喜爱几乎达到了狂热的程度，而路易斯·米格尔在那几个地区也有很多崇拜者，他还曾一度被公认为是最顶尖的斗牛士。事态已经很明朗，安东尼奥和路易斯·米格尔之间将有一场不可避免的竞争，而且这场争斗具有国际性的影响，法国和欧洲其他国家的记者和摄影师蜂拥前来马德里观看安东尼奥的下一场斗牛。

第四章

在马德里圣伊西德罗集市日看过第三场斗牛后，天降大雨，我们都被雨淋了，结果玛丽染上了严重的感冒。虽然她努力休整想让自己尽快康复，可那个周日乱七八糟的事情太多，时间又赶得紧，再加上表演开始得非常晚，结果附近山上吹下来的那股虽然看起来很小，但却足够阴冷的风（这里的人说那股风小得吹不灭一根蜡烛，但绝对有杀死一个人的能力），吹了她很长时间。她每天很早就上床，为了能让她好好休息，有几次我们甚至在床上进餐。她认为5月25日左右自己的身体会好得差不多，应该可以坐车到科尔多瓦①去。因为鲁伯特·贝尔维尔在回伦敦之前，把他的大众牌汽车托付给我们，让我们帮他开回马拉加，所以玛丽和安妮·戴维斯乘坐贝尔维尔的那辆较小的车子，比尔·戴维斯和我则乘坐那辆英国福特牌轿车。汽车一路向科尔多瓦行驶，途中，我们又见到了卡斯蒂列和拉曼查的那一片田野，我特地留意了一下那些葡萄树，它们似乎长高了不少，而那些不久前种在这里的小麦却被这个集市日的那场暴风雨蹂躏得变了模样，它们几乎都被摧毁了。

科尔多瓦的特色是饲养乳牛，当然，这里也生产其他许多东西。王宫大饭店的外面，聚集了一群人，他们看起来那么快乐而热情。旅馆内早就客满为患，玛丽和安妮比我们晚到一会儿。一位朋友特地给玛丽腾出一间屋子，方便她在床上好好休息；能有

---

① 科尔多瓦（Córdoba）：地处西班牙南部的城市。

精力观看即将到来的斗牛表演。

那场斗牛表演很奇怪。佩佩·路易斯·巴斯克斯曾经是一个非常优秀的斗牛士，退休后为了赚一笔钱买下他看中的那一大片产业，他曾重新出山，作过适度的斗牛表演。他为人不错，风度十分优雅，其他斗牛士都觉得他是个值得信任的忠实的伙伴，可是也许因为他离开角斗场太久了些，他的反应变得相当迟钝；一旦中途出现什么问题使牛变得危险，他便无法控制场面。退休后的他长了不少赘肉，行动自然不如以前灵活，表演风格看上去既脆弱又夸张，再加上他已变得丰满的形体和紧张的状态，使得他整个人看上去显得既可悲又可怜。他内心的恐惧表露无遗，两场表演都很糟糕。

在通往塞维利亚的路上，科尔多瓦以西的地方，有一座白色的小镇，叫埃西哈①。那里有一位名叫海梅·奥斯托斯的小伙子，他勇敢得就像他家乡山林中经常出没的野猪一样，尤其是在发怒或负伤后，他心中会激起一股近似野兽般的疯狂勇气。上次在巴塞罗那他跟着路易斯·米格尔斗牛时不小心受伤得了脑震荡，似乎是这个缘故，他现在整个人还有些迷迷糊糊。整个下午，他表演的危险程度越来越高，到后来几乎是半自杀性的展示。我很欣赏他的表演，更一直为他揪心不已。我知道他之所以这样，是因为观众大多是他的家乡人。在斗牛季节刚开幕时，曾经有过一场争吵。奥斯托斯说他不愿跟安东尼奥排在一起斗牛。即使把上述原因都考虑在内，他这样说仍然让人觉得过于莽撞，让人觉得他似乎活不过那个季节。但是万幸，除了一些不是很重要的刺伤外，他这一年过得还算平安无事。那天在科尔多瓦，他那身银白

---

① 埃西哈（Ecija）：地处西班牙塞维利亚省的镇市，附近土地肥沃，气候一贯炎热，有"安达卢西亚油炸锅"之称。

色的斗牛服上满是鲜红的牛血，因为牛奔过时离他的身体太近了。谁也不像海梅·奥斯托斯那样心中怀有希望牛杀死自己的想法，然后又靠着上帝赋予的幸运、勇气和置之死地而后生的技巧击败了牛。奥斯托斯得到了他的第一头牛的两只耳朵，要不是后来运气不好，剑刺偏了一点点，第二头牛的耳朵他也会得到的。

安东尼奥的第一头牛状态非常好，虽然个头算不上壮硕，但肌肉却相当结实，牛角也大小适中。那件披风被安东尼奥挥舞得极富美感，他舞着披风慢慢地向牛接近，控制住它，然后又精妙、徐缓地闪避开它。在运用穆莱塔上，安东尼奥也同样很出色，最后对牛的刺杀也完成得十分出色。现场所有观众都激动地向他挥舞着手绢，但最后牛协会会长却固执地不愿把那只牛耳给他。我不知道他们想要什么样的表演，超自然的？这是我唯一能对玛丽做出的解释。

他的第二头牛是看上去最多满三岁的小牛，这头牛连半公牛都算不上：个头又小，体重又轻，角也不锋利。牛一出场，观众就不满地鼓噪起来，表示抗议。但会长置之不理，仍坚持让它朝长矛手冲击，观众群中不满的鼓噪声更大了。我也很恼火，安东尼奥的经纪人到底是怎么想的？他们凭什么认为在选了这样的牛之后还能顺利脱身？这种牛是兽医们绝对不会通过也绝不应该被选入一场正式斗牛表演中的牛。

安东尼奥请人传话给会长，申请会长批准自己去杀了这头牛，并且愿意自己花钱找一头替代的牛，然后再和那头牛搏斗，表演结束后将它杀死。会长同意了，于是安东尼奥用穆莱塔把牛引过去，做了两三次闪避动作后，就很利索地杀了它。

随后，安东尼奥自费选的那头用来替代的牛从牛栏的暗处奔了出来。这头牛的角是我在 1953 年重返西班牙后，在斗牛场上见过的最大、最阔、最长、最锋利的角。这头牛身材高大，肌肉显得很结实。一开场，它便气势汹汹地追逐一个短标枪手，结果枪手夺路而逃，最后不得不越过了斗牛场的矮围墙才得以脱身，即便如此，那头牛还在沿着围墙顶端用右角寻找他。

安东尼奥一点点向牛逼近，用优雅的动作引诱牛向自己靠拢。等牛冲过来时，他徐缓而文雅地挥动着披风，不时用折转的动作诱导牛转身，最后彻底控制了它。他用完美的动作，告诉人们如何技巧地贴近这样一头有着一对大角的地道的公牛，然后徐缓而优美地闪避开。安东尼奥的表演比那些使用半公牛表演的斗牛士更接近、更缓慢、更优美。他只向会长要一柄刺牛的长矛，保证这头牛不会遭遇什么意外或是伤害，并指点他的短标枪手如何准确而迅速地把标枪刺进牛的身体。

我注意到他的目光始终不离开那头牛，他耐心十足，他在等待，他在观察、分析、思考和筹划。他告诉胡安应该把牛引到什么位置，然后他过去要了四次低低的闪避动作，把这头牛掌握住；在他凭借穆莱塔的魔力诱使牛来回奔跑时，他的左膝、小腿和踝关节全都贴在沙地上，只把右腿暴露在外。他给牛一个目标，温和而文雅地让它看到，这场死亡游戏并不完全都是对他的伤害和折磨。

这几个闪避动作完成之后，牛就被安东尼奥牢牢控制住了。从头到尾，他都在向观众展示两位勇敢并熟悉牛性的斗牛艺术家是怎样对付这样一头具有如此强健、致命长角的地道公牛的。他向观众充分证明了那些传统的闪避动作既没有什么诀窍，也没有包含欺诈的成分，更没有什么折中的手法。他像海梅一样贴近牛的身边躲闪过去，但是一直保持着节制。等大家看到斗牛能贴近到什么程度，多完美而又多缓慢地进行后，他最后用一次胸前闪避动作结束了斗牛，然后使牛站住，他举起穆莱塔向牛道别，随后把穆莱塔放低、卷起，剑尖瞄准了牛肩胛之间的高处，对着那双巨大的牛角之间的位置刺进去。一切十分完美，那头牛倒在沙尘之间。与此同时，看台上的观众简直要疯狂起来。会长终于同意他割下那两只牛耳，向阳那边的观众像潮水般从矮围墙涌过来，他们要把安东尼奥和海梅扛起来绕场游行一圈。安东尼奥起先不同意，但最终还是被大家举了起来。看得出，这次游行事先并没什么计划，完全是因为场内观众太狂热的缘故。

当晚，我们住在德尔梅里托侯爵的府邸里。那座府邸位于科尔多瓦外面的群山中，以前曾是德瓦帕莱索·德圣赫罗尼莫的修道院，也是西班牙的旅游景点之一。能够登上那里简直是妙不可言：穿过那条能通往西班牙所有伟大之处的古朴而又恶劣的道路，在黑暗中欣赏中世纪的朴素风格，然后在修道院单人小室改成的卧房里自然苏醒，站在窗台边朝外眺望科尔多瓦平原，随后在阳光灿烂的晴日去拜访园林、小教堂和那些曾在历史中占有一席之地的房间，那是多么美好的一件事啊！

府邸里没有其他什么人。因为旅馆都要事先预定好，所以佩普斯·梅里托之前建议我们就留宿在那儿，他还特地从马德里打电话拜托看管房子的人，叫他好好照顾我们。原本我们打算就在那儿住一宿，不想玛丽晚上发起高烧，早上还没见好转，无法继续赶路。我们便从镇上请了一位大夫为她医治，直到隔天中午才能离开。其间，佩普斯几次从马德里打电话来，帮我们把这些事办得妥妥当当，使我们感到很舒畅。那真是一个绝妙的好地方，住在那里就像住在一座王宫内。这是一件对普通人来说很难得的事。

狂风暴雨的午后，我们离开那儿前往塞维利亚。在塞维利亚，我们住宿在看起来古老豪华实际上却并不舒适的阿方索十三世大饭店里。在看斗牛之前我们先去卡萨·路易斯进餐，那是一顿非常美味的晚餐，不过那场斗牛却很糟糕。

比赛的牛都不怎么样，它们向前冲的时候一个个都迟迟疑疑地，结果全都被斗牛长矛戳杀了。那可不能怪长矛手使用长矛或矛杆的方式，他们在刺杀牛的时候并没有什么不得当的地方。他们使牛恰当地、准确地在合适的地方站好，没有绕转矛杆挡住牛的冲刺。但是长矛的结构似乎有什么地方不大对，以致长矛的铁矛头整个地刺进牛的身体里，木制的矛杆也随之扎了进去。正常情况下，那一圈铁底座应该阻止矛头，让矛头只能刺进去不超过四又八分之三英寸。结果牛受到了较重程度的刺击，也就是说相当于受到半柄剑的刺伤，谁也不知道一位剑杀手该拿这样的牛怎么办，因为它会半死不活地冲到他面前来，流血殆尽而亡。刺牛用的长矛全是经主办方察看过并密封好，由一名政府官员统一发给长矛手的，所以这也不能责怪长矛手或他们听其吩咐的那个剑杀手。但是自从在法国经历过的那些糟糕的日子以来，我还没有看见过长矛被那样使用过。那时候在法国，如果赞助人买下了六头有着沉重长角的硕大的牛，长矛头上那圈引人注目的钢座有时候不知怎么竟然是用橡皮做的（只是上面涂了些铝漆）。那些闪耀的圆圈或斗牛圈不再能使矛尖和矛杆全部刺进牛身体去，就像橡皮的刀刃刺不进肌肉那样。牛会先被长矛手刺成重伤，才落到剑杀手的手里。我们中有些人展开了一场坚决抵制这种行为的运动，反对这种行为以及其他法国南部从前使用长矛的陋习。对于所有这些伎俩，我都很熟悉。

在塞维利亚的那天，斗牛开始之前，我不在下面围场里，也不在马院内，我在寻找玛丽，那时玛丽高烧虽然退了，不过仍感觉不舒服，身体也很疲惫，我因为照顾她没有时机仔细察看那些长矛。它们全是经过主办方检查获得通过的，所以应该是没什么问题的。结果它们却对牛做出了最糟糕的伤害。

那场斗牛结束，安东尼奥说第二头牛被长矛刺中了一处血管。这话一点儿不错，长矛刺进去相当深，刺中了好几处血管。如果长矛手没有及时把它拔出来，它会刺中一处大动脉的。鲜红的血从那个锯齿状的伤口涌向牛的肩部，顺着腿直淌下来，在沙土上凝结成一条条鲜艳的血痕。

我知道能够应付任何牛的安东尼奥有多么了不起，因为他无论对任何一头牛都有一套方法。圣诞节时我写信给他，说我想回美国去，我要写关于他的工作和他在斗牛圈地位的实情，绝对的实情，这样好有一份永远流传的记载，一件等我们俩都去世后会传下去的东西。他同意我这样做，因为他确实可以应付从牛栏里冲出来的任何一头牲口。这段时间里，有整整两天，都是一些不成熟的牛冲出来与他搏斗。那不能说是谁的错，可他每次都感到很厌恶；科尔多瓦的那头大角的牛使他耗费了四万比塞塔①。塞维利亚的那次斗牛结束后，谁都感到不愉快。

天刚亮，我和比尔便驾车出发了，我们要回到马德里。女人们起得较晚，便乘坐那辆灰色大众牌小轿车，她们穿过安特克拉②到马拉加，再经过那条美丽的大道向上行驶，最后在格拉纳达与我们会合。路易斯·米格尔近日将要去那儿表演，安东尼奥在某一天也要到那儿演出。玛丽晚间就寝时烧已经完全退了。我希望一天的休息和"领事馆"的阳光能使她彻底康复。日程安排得非常紧，不过接下来我们打算去观看的几场斗牛，地点离我们

---

① 比塞塔（peseta）：一种西班牙货币单位。
② 安特克拉（Antequera）：地处西班牙马拉加省的城市。

所逗留的马拉加都不太远。

乌云密布，大雨瓢泼而至，我们冒雨驶往马德里，一路上雨如帘幕，只有雨暂停时可以看到乡野的面貌。天气不佳，我们俩对这几场斗牛，尤其是对有人悄悄弄进的重量不足、不够成熟的公牛的感觉也如同这天气一般。比尔对整个斗牛季节都很悲观。我们两人无论谁都不喜欢此时的塞维利亚。在安达卢西亚和在斗牛中，斗牛爱好者们有一种迷信的说法，认为该对塞维利亚保持一种神秘的感觉。我原不以为然，不过经过这么些年，我开始相信了，因为按举行过的斗牛而言，在那儿，恶劣的斗牛确实比在其他任何城市都多。

我看到有几大群鹳鸟在雨中飞行，很优雅地在寻找食物，荒野上还有许多不同种类的鹰隼。我很敬佩鹰隼，它们总在狂风暴雨的天气出来觅食，因为只有这时的风才会使地面的鸟儿十分接近掩护物，所以它们谋生很辛苦。由巴伊伦往前，我们沿着那条今后将十分熟悉的道路向着中央高原方向行驶。在风雨间歇的时刻，由于没有任何东西遮护，能看见暴露在风中的古堡和白色小村庄，再往北行驶，能看见麦田被雨水冲洗后又被风吹得东倒西歪，而葡萄树和我们三天前往南行驶时相比，似乎又长高了半只手。

我们停下来给车加油，顺便在加油站的酒吧间喝了杯葡萄酒，吃了片干乳酪和几颗橄榄，还要了点儿黑咖啡。比尔开车的时候从不喝酒，但是我总在冰袋里放一瓶冰镇过的坎帕纳斯的低度罗莎多，还给面包配一片厚厚的曼契甘乳酪。无论哪个季节我都喜欢这片乡野，即使在穿过最后一道隘口，驶入拉曼查和卡斯蒂列恶劣的天气中时，我也感到很快乐。

在我们抵达马德里前，比尔不愿吃东西。他认为进食会使他

— 47 —

瞌睡，他正开始训练自己能夜以继日地驾驶，我们也都知道，这确实是我们以后必须做到的。他并非不喜欢饮食，相反，他是一位美食家，而且比我认识的所有人都了解在任何国家上哪儿可以吃到地道的美食。他刚到西班牙时，以马德里为据点，和安妮一块儿驾车驶遍了西班牙的每一个省，没有一个市镇是他不了解的；他还知道哪儿的酒最醇美，哪儿的小吃最出色，哪儿的乡镇可以吃到土特产，以及任何一个可以用餐的好去处。对我说来，他是一位绝佳的旅伴，在驾车方面，他更是一个意志坚强的司机。

我们驶进马德里时，还能赶上在卡列洪吃一顿较晚的午餐。卡列洪是贝塞拉街上一家面积不大却很拥挤的餐馆。我们之前各自单独来的时候，总在那儿进餐，因此我们俩都认为它是市区内最理想的供应美食的地方。它每天都会提供一种不同地区的特色菜，还有市场上最优等的蔬菜、鱼、肉和水果，以及地道、上佳的烹调技术。那里的酒有廷托酒、红葡萄酒和巴尔德佩尼亚斯葡萄酒，全盛在各种大小不等的酒罐里，酒的质量全都很好。

在喝下几杯巴尔德佩尼亚斯葡萄酒后，比尔胃口大开。我们当时正站在门口候位，那几杯酒都是从餐馆酒吧间门口的大酒桶里倒出来的。菜单上有一条提示说，任何一样菜都足够你吃到饱。他就要了一盘烤鲽目鱼和一份阿斯图里亚斯地方菜，这样正如菜单上所说，足够供应两个人吃。品尝之后，他赞叹说："这儿的菜是挺不错。"

在喝完第二大罐巴尔德佩尼亚斯葡萄酒后，他又评价道："酒也一样好。"

我又要了一份用大蒜烧得很嫩的油煎小鳗鱼，鱼全煎得像竹笋形状，两头微微有点儿脆，鱼肉却比较柔滑。这些鱼放满了一只深盘子，吃起来开胃极了。但吃完之后，大家都开始为身处一个紧闭的小房间里郁闷起来①。

"鳗鱼太棒了，"我说，"对于酒我还不好说。你乐意尝点儿鳗鱼吗？"

"就这一份吧，"比尔说，"不过，你尝一口酒看看，你也许会喜欢。"

"那就请再来一大罐酒。"我对侍者说。

"是，欧内斯特先生。马上给你端来，我早就预备好啦。"

这时店主人走了过来，"客人，来一客牛排怎么样？"他说，"我们今天的牛排很不错。"

"留着晚上再吃吧，今天的芦笋如何？"

"也很好，"他说，"是刚刚从阿兰胡埃斯②运来的。"

"明天我们就要到阿兰胡埃斯去看斗牛。"我说。

"噢？安东尼奥最近怎么样？"

"挺好的。他昨晚就从塞维利亚驾车过来了。我们是今天早上过来的。"

"塞维利亚呢？"

"就那样了，牛都毫无价值。"

"您二位今儿晚还来这儿进餐吗？"

"哈哈，能不来吗？"我们笑着说。

"要是你们乐意的话，我就把那间包房留给你们。你们还满意这顿午餐吗？"

"当然。"

"祝你们在阿兰胡埃斯好运。"

---

① 意思是浑身散发着一股大蒜味。
② 阿兰胡埃斯（Aranjuez）：地处西班牙中部马德里省的城市。

"谢谢你。"

其实我们在阿兰胡埃斯运气并不好，不过当时我一点儿预感都没有。

前一天，安东尼奥在塞维利亚表演时，路易斯·米格尔、安东尼奥·别恩维尼达和海梅·奥斯托斯也正在托莱多①演出，而且全场都坐满了观众。

那是一个阴雨绵绵的闷热日子。牛个个高大威猛，分别表现出不同程度的凶狠。据我听到的所有报道都说牛角全都削剪得很低。路易斯·米格尔和第一头牛斗得十分精彩，和第二头牛斗得更加出色，经过完美的周旋后他割下了一只牛耳。要是刀再刺得幸运一点儿，他几乎能获得两只牛耳。

没能看到路易斯·米格尔的演出我感到十分惋惜，更遗憾的是第二天我们也会错过他在格拉纳达的演出，但当时日期只能这样安排。不过我们不久就会赶上他，因为我手边有一份详细的他演出的日期表，还有一份安东尼奥的。不久，他们就会出现在同一些市镇上、同一些集市日里；某一天，他们的演出还会出现在同一份节目单上。我知道他们最终将会单独斗上一场。同时，我还通过可以信赖的观看过米格尔演出的观众们，尽可能多地了解到米格尔的情况。

---

① 托莱多（Toledo）：地处西班牙中部的城市，在马德里以南。

第五章

5月30日，对阿兰胡埃斯的牛群来说是一个好日子。大雨已过，阳光下的市镇被冲洗得很洁净，树木一片苍翠，鹅卵石铺成的街上也没有飞扬的尘土。镇上有许许多多身穿本省黑色罩衫和铁一般坚硬的条纹灰裤子的居民，还有一大群从马德里来的游客。我们来到树荫下一家古老的咖啡店兼餐馆，坐在窗前欣赏着河水和河上的游艇。河水呈现一片棕色，由于近日连连下雨，水位上涨了很多。

之后，我们的两位客人去参观河上游的王家御花园。我和比尔则过了桥到那家古老的美味大酒家去探望安东尼奥，并且从他的持剑助手米格利略那儿拿到了赠券。我按票价将四张观众席第一排座位钱付给了米格利略，并告诫一名年轻的西班牙记者（他正在为马德里一家报纸写一系列介绍安东尼奥的文章），叫他这时候千万不要打搅安东尼奥休息。而且，我自己走到床边跟安东尼奥说了几句后就迅速离开，为那些追随者们树立了一个榜样。

"你们是想驾车一直开到格拉纳达，还是打算在路上停一宿呢？"他问。

"我原打算在曼萨纳雷斯休息一晚的。"

"在巴伊伦更好，"他说，"我来替你们开车，咱们还能一路聊聊天，然后在巴伊伦用餐。之后我再乘那辆梅塞德斯到格拉纳达去，路上正好可以睡一大觉。"

— 51 —

"咱们在哪儿见面呢?"我觉得他的建议很好。

"斗牛结束后还在这里。"

"好,"我告辞说,"那么到那时候再见了。"

他微笑着,可以看出来他的感觉很好,内心很平静。我带着《人民报》派来的那位年轻记者一块儿走出了房间。米格利略正在安置那些便于携带的宗教仪式用品,他把沉重的雕花皮剑套靠在梳妆台旁边的墙上,然后把肩衣和圣母画像前点燃的油灯也摆了出来。

那片古老完善却日渐腐朽的小斗牛场四周的烂泥地正在被日头晒干,尘土也开始飞扬起来。我们入场后找到了自己的座位,便望向眼前那片熟悉的沙土地。

安东尼奥面对的第一头牛是桑切斯·科巴莱达牛。那头牛高大黝黑,长着一双神气的大角,角尖看起来十分锋利。安东尼奥手执披风,用徐缓、自信、沉稳而文雅的贝罗尼卡动作把牛吸引过来,尽可能地贴近它,轻松地控制住了它的冲刺节奏,然后以越来越缓慢的动作闪避开,并站在了牛角近在咫尺就能掠过的地方。观众此时并没有欢腾起来。接下来,像在马德里表演那样,他在把牛引开时,做了一个并不十分危险但看起来却精致而夸张的塞维利亚式奇奎洛动作。他把披风对着牛,在齐着自己胸部高度的位置提着它,然后,他让披风裹着身子缓缓地旋转,在牛的每一次冲刺中,他都慢悠悠地旋转着进入险境,又旋转着脱离。

这个动作看起来很完美,但它本质是一个花招,不是一个正规的闪避动作。牛开始冲过来,到了斗牛士的身边,斗牛士却只是缓缓地旋转着披风闪避开它。观众一般都喜欢这个动作,我们也喜欢。因为它确实很好看,不过实质上,它并不是太有价值的动作。

安东尼奥的牛忽左忽右，气势汹汹地朝着穆莱塔冲来，看起来相当危险。他把穆莱塔放得很低去撩拨牛，就像他在科科尔多瓦那头牛那样，让牛身体挺直，使它有了进攻的决心。牛此刻好像悟出了什么，仿佛那个奇奎洛动作能使牛醍醐灌顶。安东尼奥从很近的地方催动牛，使它再向前冲。这是斗牛表演中必要的一环，虽然结果是让它最终知道它该如何去死。

安东尼奥给了牛错误的信心，让牛以为自己可以毫无痛苦地追随着这个诱惑物。他用两手交替来回地玩着这场游戏，让穆莱塔一会儿高起来，一会儿低下去，好似在说，现在来吧，牛儿！乖乖地绕着我转，牛儿！再试一次看看，牛儿！再来一次！

然而，正在安东尼奥让牛绕着自己转的时候，那头牛却动了一个诡异的念头。它在一次长时间的躲闪动作中，突然单方面中止了这场游戏，并看准了人体朝它冲过来。牛角只差百分之一英寸就挑刺到人体，安东尼奥回头望着它，再次用穆莱塔激起牛让它贴近自己的胸部冲过。

随后，他对牛又重复了一遍全部的"功课"，使牛险些把当场刺到他的那种冲刺动作，完完整整连续做了两遍。观众这时候已经完全被他征服，不约而同地奏起了音乐节拍，他也按着他们的节奏行动着。最后，他把牛杀了，那一剑刺得很利落，却刺到了中枢以外一片毫无阻拦的地方。全场观众激动地挥舞着手帕，都要求把牛耳给他。但是牛已经倒下，像许多被一击杀死的牛所会表现的那样，嘴里吐着血沫。会长拒绝割下牛耳，观众便不停地挥舞手帕，直到牛被拖出场去。

安东尼奥不得不绕着场子走了一圈，两次走出来向观众致意安抚。他回来时，显得冷漠又愤怒，米格利略递给他一杯水，他说了一句什么之后才喝了一小口水漱了漱口，然后把水吐到了沙地上。后来，我问米格利略他当时说了什么。

"他对我说，我必须怎么做才能得到一只牛耳？可该做的他们都已经做过了。"

小奇奎洛是第二个出场的剑杀手。他身材很矮小，身高不过五英尺二英寸，生着一张严肃、庄重、忧伤的脸，看起来就像一只獾，但其实他比任何其他的动物和大多数人要勇敢。他参加斗牛首先是从做一名见习斗牛士开始的，1953年和1954年间，他曾在一个可怕的非正式斗牛学校学习，之后成为一名剑杀手。卡斯蒂列和拉曼查某些乡村广场上经常会举行一些非正式斗牛，但在别的省份，这种活动开展得就很少。在这些地方，当地的小伙子和渴望成为斗牛士的旅行斗牛班子，常跟一些被一次又一次斗过的牛搏斗。那些牛都曾在非正式斗牛活动中登过场，有的甚至曾经戳死过十几个人。这样的活动总是在造不起斗牛场的市镇和村庄里举行，人们用大车堆成一圈，堵住出口就凑合成临时的广场了；那种牧羊人或是放牛人常用的结实、尖头的长棒则被出售给观众，如果那些业余斗牛士想要逃走的话，观众就可以用这个棒狠揍他们或者把他们赶回斗牛场去。小奇奎洛在二十五岁前，是非正式斗牛比赛活动中的一个明星。在马诺莱特时代，当那些出名的斗牛士面对着牛角被削短的三岁公牛时，他可是一直在和各种牛角完整、七岁以下的牛搏斗的。这些牛有不少先前就跟人斗过，像野生动物一样充满危险。他还曾在一些没有医务室、没有医院，甚至没有外科大夫的村庄里表演。为了生存下来，他必须更加熟悉牛性，知道如何挨近它们，而又不被它们戳到。跟那些每次都有可能戳死他的牛斗时，他知道所有自己能活下来的技巧，而且他还掌握了所有要花招的闪避动作和所有的杂耍诀窍，以及最后如何干净利落地把牛杀死的方法。他的左手十分灵活巧妙，在他突向前去宰杀牛时，它能一边保护自己，一边使牛头完全低下来，好弥补他身材矮小的缺陷。最值得一提的是，他除了极其勇敢，还十分幸运。

他知道自己虽然幸运，却也知道他的命只能赌上这么多次。后来他选择了退休。可这个季节，他又从退休中复出了，因为除了斗牛外，没有别的什么事让他觉得有乐趣。当然，还有一个很重要的原因，是钱的问题。

他抽中了一头好牛，这牛体型庞大，尤其是和他矮小的身材相比，更显得硕大无朋，它还有两只尖利的角。小奇奎洛又开始"传授"他那门理应称道的课程：在斗牛场上活下去的同时，如何把时间消磨在比任何人可以更为轻松地贴近牛上。他表现沉稳，反应敏捷，带着自己独有的运气作了多次精彩的闪避动作，以及有记载的所有耍花招的躲闪动作，每一个动作都做得非常出色。从较远的地方把牛引过来，然后再异常出色地闪避开它，是件很危险的事，但小奇奎洛的表现并不显得如此。他做的所有动作都是在可能范围内倒退着做的。牛从他伸直的手臂下面冲过时，他向外望着观众，这不由使人想起马诺莱特。马诺莱特曾和他的经纪人一起，使斗牛陷入了第二个大的低潮，最后他被牛戳死了。死亡使他受人尊崇，也使他永远逃离了遭受批评的命运。

观众们喜欢小奇奎洛，很正常。他能和他们打成一片，他给了他们长辈曾告诉过他们的斗牛盛况，更何况他是跟真正的牛表演。他这么做当然需要运气，但更需要丰富的知识和最为单纯的勇气。有一次，他冲向前去杀牛时，剑刺中了骨头，接着他又刺进去，这回剑刺在很高的部位，他把身子扑在了牛角之间，当他用灵巧的左手把剑抽出来时，那头牛已经死了。

会长把两只牛耳都奖给了他。他拿着牛耳绕场一周，看起来严肃又高兴。我喜欢回忆那一年他整个夏季的情形，尽量不去想后来他运气走尽时发生的事情。

安东尼奥要斗的第二头牛冲出来了，它俊美、凶悍、毛皮黑得发亮，角十分锋利。它威风凛凛地进入场内。我看到安东尼奥立刻开始动作，他刚刚挥动起披风，一个渴望做斗牛士的家伙——戴着软帽、穿着浅色衬衫和蓝裤子、容貌清秀、身手利落的小伙子，突然从我们左边向阳的看台上跳出来，快速翻过围墙，在牛前面展开了穆莱塔。几乎与此同时，费雷尔、霍尼和胡安，安东尼奥的三个短标枪手，一起朝他奔过去，想在牛挑刺到他并搞砸这场表演之前捉住他把他交给警察。那个小伙子做了三四个精彩的闪避动作。他充分利用牛的活力，使自己斜对着牛的冲刺，同时还要躲避开三个飞奔过来想逮住他把他赶出斗牛场的男子。

没有什么比一个自发的斗牛士闯进去斗牛，会如此迅速而彻底地把一头牛毁掉的。牛随着每一个闪避动作都会学到东西，所以一个了不起的斗牛士每做一次闪避动作，都会有一个明确的结果。要是一头牛一开始就困住了斗牛士，并用角伤害他，牛就失去了跟人刚一接触时的单纯心性，而这一点正是斗牛很重要的基础。我看到安东尼奥只是注视着那个小伙子熟练而利落地进行闪避，虽然这正使安东尼奥暴露在灾难之下，但安东尼奥看起来并不担忧。他仔细打量着那头牛，从牛的每一个行动上了解更多的情况。霍尼和费雷尔终于捉住了那个小伙子，让他平静地回到第一排观众席上。安东尼奥提着披风跑到他面前，迅速地对他说了几句话，还用胳膊拥抱了他一下。然后，他拿着披风退回来，重新接手了那头牛。由于刚才的观察和估摸，他已经熟悉这头牛了。

他最初的几个闪避动作是那么从容不迫而又优美典雅，常人几乎无法模仿。在他用披风对着牛舞动时，观众知道自己此时所看到的，是以前从来不曾见识过的一场斗牛，而且每个招式都是那么实实在在。他们以前从没有见过一个斗牛士会原谅并祝贺一个可能会把他的牛毁了的人。而现在，他们更是在观赏先前在第一头牛身上看到却不懂欣赏的一种技艺。安东尼奥正用当代斗牛绝无仅有的手法挥舞着那件披风。

他把牛引到一个萨拉斯弟兄面前让他用长矛刺，并且说："当心点，照我说的来。"

那头牛凶悍而壮实，迎着长矛拼命向前冲；长矛利索地刺进牛的身体。安东尼奥又把牛引开，再一次表演了那种徐缓、美妙的贝罗尼卡动作。

被长矛再次刺中后，那头牛在第二次冲刺时把马掀翻了，使萨拉斯撞倒在观众席前矮围墙的木板上。

他的肝胆兄弟——短标枪手胡安，希望牛继续朝马冲来，因为这头牛还很壮实，在长矛再刺上两下之后，它颈部的肌肉才会感到疲乏，才能使它垂下头去，比较容易宰杀。

"别指示我，"安东尼奥对他说，"我就要它现在这样。"

安东尼奥对会长做了个手势，请求他允许自己改用短标枪。换了一副短标枪后，他又请求准许他使用穆莱塔把牛引过去。

他舒缓朴实而又流畅地用穆莱塔把牛引过去，每一个躲闪动作都像雕塑一般标准。他做了所有传统的闪避动作，接下去似乎还想使它们表现得更优美，线条方面更流畅，而且也更危险。他故意缩短了纳图拉尔动作的距离，把胳膊肘儿弯进来，使那头牛看起来前所未有地、更贴近地从他身旁冲过。那可是一头异常高大的牛，凶悍壮实，长着锋利的角。最后，安东尼奥跟它又来了几个我从未见过的最全面的精彩回合。

　　然而，等一切表演全部做完，牛也要被宰杀时，我看他是要发疯了。他开始做起小奇奎洛用过的那些马诺莱特躲闪动作，他一定是想让观众知道，如果这是他们想要看的动作，这才是应有的做法。他站在场内的沙土地上挑衅那头牛，先前的三头牛都是在那儿被长矛刺中的，牛蹄划裂开沙土，划出一道一道痕迹。在他用一个希拉尔迪利亚的闪避动作从后面引着牛冲过他时，牛的右后蹄滑了一下，牛的身体突然向右倾斜过去，右角正好刺进了安东尼奥的左屁股。没有比那个更缺乏浪漫性又更危险的部位可受伤了。他知道是自己错误地招致了这个伤口，也知道这个伤口多么严重，他满心厌恶地想着自己可能会无法宰杀这头牛以弥补自己犯下的错误。

　　这一刺很实在，那只角刺进去后便使安东尼奥的身子离开了地面。不过他落下来时两脚着地，并没有摔倒。

　　这时，血流得很快。他把臀部贴在场地边缘的矮围墙的红木板上，似乎想止住血流。我当时只顾着看安东尼奥，没有注意到是谁把那头牛领走的。小米格利略第一个翻过围墙，挽着一只胳膊把安东尼奥扶起来。接着，经纪人多明戈和他哥哥佩培·多明吉也都翻身跳进了场内。大伙儿看到牛角刺伤处很严重。他的哥哥、他的经纪人和他的持刀助手紧紧抓住他，想把他扶到医务室去。安东尼奥愤怒地挣脱了所有的人，对佩培说道："你还自称是姓奥托尼斯的吗？"

　　他怒气冲冲地出去走到牛面前，此刻他仍然血流如注。我以前也见过他在斗牛场内大发脾气，他常常是在极好的运气和致命的怒火中表演。不过要像平日杀牛那样干净利落地杀死这头牛，他必须做得很迅速，不然他自己就会流血而致昏迷。

他先使牛站好位置，我看见他把穆莱塔放得越来越低，瞄准了牛肩胛骨之间，牛背顶上的那个死亡之穴，极为准确地把短剑刺进去，然后又迅速地从牛角间抽出来。随后，他面对着牛举起了一只手，命令牛倒下——随着他置入它体内的死亡倒下。

他站在那儿，继续流着血，他不允许任何人碰他，直到牛摇晃了一下，倾身倒在地上之后，他仍旧站在那儿。手下的人听他之前对他们说的话，全都不敢上前，直到会长答应那些挥动手帕、不住呐喊的观众，发出信号让人把两只牛耳、牛尾和一只牛蹄割下来。他在等着这些战利品送过来。这时候，我赶紧穿过沸腾的人群，朝斗牛场可以通向医务室的入口处走去。随后，他转过身走了两步，想要绕场一周，失血过多的身体却悄无声息地倒进了费雷尔和多明戈的怀里。他神志仍然清醒，知道自己此刻不能够再做什么事了。那个下午的表演就此结束，他不得不先去处理伤口，等以后再回来表演。

在医务室里，塔玛米斯医师仔细检查了伤势，看到情况非常严重，便立刻采取了需要采取的措施，先把伤口缝合起来，以便将安东尼奥火速送往马德里的鲁贝尔医院去进行手术。医务室的门外，跳进斗牛场的那个小伙子一直哭个不停。我们抵达鲁贝尔医院门诊部时，安东尼奥刚注射完麻醉剂。伤口在左部的臀肌上，足足有六英寸深，最深处正刺在直肠旁边，差点就要碰到直肠，肌肉一直撕裂到坐骨神经。塔玛米斯医师告诉我，要是伤口再向右延伸八分之一英寸，那就会穿过直肠，刺入大肠了。如果不到八分之一英寸，则会碰上坐骨神经。塔玛米斯把伤口切开进行了清理，修补好创伤后又把它缝起来，留下了一个引流管。引流管外连接着一个时钟装置，不住地引流，时钟装置像个节拍器那样嘀嗒作响。

安东尼奥先前就听见过这种声音。这已经是他第十二次受到严重的牛角创伤。他的表情很严肃，但是两眼却露出笑意。

"艾尔内斯特特。"他用安达卢西亚方言呼唤我。

"很疼吗？"我问。

"还行，"他说，"过一阵才会痛得更厉害的。"

"别说话了，"我说，"尽量好好休息吧，马诺洛①说没什么大碍。要是你免不了受一次伤，那么这个地方还挺合适的。他说什么我都会全部告诉你的。不过现在，我得走了。"

"什么时候你再来？"

"明天，等你醒了以后。"

卡门刚才一直握着他的手坐在床沿。她轻轻吻了他一下，他合上双眼。说实在的，他其实还没完全清醒，真正的痛苦还在后面呢。

卡门跟着我后面出来，我把塔玛米斯告诉我的话转告给她。她的父亲和三个哥哥也都是斗牛士。如今，她又嫁给了一个斗牛士。这个女孩儿长得很漂亮可爱，无论遇到怎样意想不到的灾难，她总是那么安详镇静又细心周全。她已经历过最糟的情况了，此时，她的工作才刚刚开始。自她成为安东尼奥的妻子后，每年总有那么一次要肩负起这样的重任。

"这到底是怎么回事？"她问我。

"其实本不该发生的。他本不用倒退着和牛搏斗的。"

"为什么你当时不告诉他这些话？"

"他自己很清楚，我用不着告诉他。"

"无论怎样，拜托您跟他说一说吧，欧内斯特。"她请求我。

"他的目标绝不是奇奎洛第二，"我说，"他是在跟历史上那

---

①　塔玛米斯医师的名字。

些最辉煌的人竞争。"

"我知道。"她轻轻地说。我能猜想到她心里的担忧：丈夫也许很快就会和她心爱的哥哥竞争，而历史就会在一旁作壁上观。我依稀记得三年前有一次我和他们共进晚餐时，曾经说到过这件事。有人宣称，如果路易斯·米格尔愿意回到斗牛场上来，和安东尼奥一较高下，那么场面该有多么美妙，而且他们可以趁机大发一笔横财。

"别说这事，"卡门当时这么说，"他们真的会以死相拼的。"

这回，她没多说什么，只是说："再见，欧内斯特。我希望他有个好梦。"

我和比尔·戴维斯一直留在马德里，直到安东尼奥脱离危险期。第一夜之后，他的疼痛不断增强，渐渐达到难以忍受的程度。那个时钟装置的引流管把伤口里的脓水吸了出来，可是绷带下的皮肤还是肿得很高，绷得很紧。我不想看到安东尼奥忍受痛苦，更不想眼睁睁看着他在疼痛像风一般按着蒲福风级①逐渐变强时，他如何挣扎着保持自尊。在我们等候塔玛米斯第一次换药的那天，那疼痛大约是刚过十级的强度。我们很清楚，这是输赢的关键时刻。如果伤口很干净，没有坏疽，那么你就赢了。你的英雄在三星期或更短的时间内就可以再度进入斗牛场，不过这也取决于他个人的意志和训练。

"塔玛米斯呢？十一点了，他该到这儿了。"安东尼奥问，"他在哪儿？"

"另一层楼上。"我说。

"他们就不能把这个咔嗒咔嗒的东西关上吗？"他抱怨道，

---

① 气象学术语，英国海军将领蒲福（Francis Beaufort，1774-1857）曾拟定的风级，分为0—12级。

"我什么都受得了，就是受不了这个讨厌的声音。"

　　所有负伤后打算尽快返回斗牛场的斗牛士，医生总得给他们最低限度的镇静剂。原因是他们身体里必须没有会影响他们反应能力的东西。如果在美国医院，他们可能会让他避免痛苦，用他们的说法就是"雪藏起来"。但是在西班牙，痛苦被当作大家都必须面对的简单事情。至于痛苦对神经副作用会不会比止痛剂更糟，这一点人们并没有去考虑。

　　"你能不能给他吃点儿什么，让他平静一点？"我曾经这么问马诺洛·塔玛米斯。

　　"我昨晚刚刚给了他一点药，"塔玛米斯说，"他是一位斗牛士，欧内斯特。"

　　没错，他是一位斗牛士，而马诺洛·塔玛米斯是一位负责任的西班牙外科大夫和一位忠实的朋友，但是当你眼睁睁看着他们按自己的逻辑做这些事时，你会越发觉得那个理论太粗暴。

　　安东尼奥要我陪在他身边。

　　"有没有感觉好些呢？"我问他。

　　"很糟糕，欧内斯特，很糟糕，很糟糕！也许等他把伤口打开时，可以把那根管子换个位置。你认为他在哪儿？"

　　"我派人去找他。"

　　外边的天气很晴朗，瓜达拉马斯山吹来一阵阵微风，让人感觉一股凉意。那个房间里既阴凉又舒适，但安东尼奥却因为疼痛浑身是汗。他那毫无血色的嘴唇紧紧抿着。他不想开口，但是他的眼神却不断恳求着别人把塔玛米斯找来。房外挤满了窃窃私语的人。米格利略在接电话。安东尼奥的母亲，一位端庄漂亮、脸色黝黑的女人，在房间里进进出出，一会儿在床旁坐下，一会儿坐在房角里用扇子扇着。而卡门不在床边的时候，多半就在另一间房里接电话。外面的过道里聚集着长矛手和短标枪手。探病者来来往往，络绎不绝，他们不允许进去，便留下些口信或名片。

塔玛米斯终于进来了，身后还跟有两名护士，他们把大家都请出了病房，不让他们看到接下来要发生的事。他用和平常一样粗鲁、老练的态度和安东尼奥开着玩笑。

"你怎么啦？"他对安东尼奥说，"你不会以为我就你这么一个病人吧？"

"过来，"他对我说，"高贵的朋友，你站在这儿，把他的身子翻过去。你自己也给我试试翻过身去，趴好，放心，不会有什么危险。"

他把包扎的大敷料剪开。掀起纱布闻了闻，把它递给我。我也闻了一下，然后把它丢在卫生盆里。很庆幸，纱布塞上没有坏疽的味道。塔玛米斯望望我，给了我一个微笑。伤口很干净。缝针的地方周围有点儿肿，不过看来很不错。塔玛米斯把那个橡皮导管剪去，只留下很短的一截。

"不会再有嘀嗒声了，"他说，"你的耳朵可以清静清静啦。"

他又敏捷地清理了一下伤口，仔细看看又叫我帮忙包扎好。

"想减轻你说的那了不得的疼痛，"他说，"就要把敷料牢牢地扎好。你明白吗？伤口肿胀很平常。那可是一把比锄柄还大的东西，戳了六英寸深，在肌肉里造成这么大破坏，怎么可能不留下一个会疼痛肿胀的伤口呢？敷料会使它收缩起来，让伤口更难受。现在，舒服了些吧？"

"是。"安东尼奥说。

"那么别提疼的事了。"

"你试过这滋味吗？"我说。

"从来没有，"塔玛米斯说，"这很幸运。"

我们走到房间的角落，家属又重新回到了床边。

"需要多久才能好，马诺洛？"我问。

"如果不出现什么并发症，三个星期就会好。这个伤口很大，欧内斯特，它造成了很大的破坏。我很遗憾他遭了这么多罪。"

"确实是。"

"他有没有想过到马拉加你那儿去休养一下？"

"他是准备这样。"

"那好，等他一旦能活动，我就把他送过去。"

"要是他没问题，不发烧，我明晚上就走。手头还有不少工作呢。"

"好。要是他可以上路，我马上就告诉你。"

我留下了口信说傍晚会再回来。这时候，他那儿家属和老朋友聚得很多。知道已经没有危险后，我不想闯进去。我想跟比尔一块儿到镇上走走，晒晒太阳。不如趁天还没黑，抽个时间到普拉多博物馆转转，那儿一整天都有最好的阳光。

一周后，安东尼奥和卡门乘坐的飞机在马拉加那个令人愉快的小机场降落，安东尼奥必须借助一根手杖才能行走。我扶着他出了候机室，登上汽车。这次旅行可真把他和卡门累得要死。安安静静地吃了一顿晚餐后，我搀扶着他去卧室。

"听说你每天起得很早，是吗，欧内斯特？"他问。我知道当他外出表演时，他通常会睡到中午，甚至更晚。

"是的，不过你可以随意，想睡多晚就睡多晚，好好休息。"

"我想早晨跟你一块儿出去走走。在牧场上的时候，我总起得很早。"

第二天清晨，花园里露水还没有干的时候，他就拄着拐杖到我房里来了。

"去散步吗？"他问。

"好哇。"

"咱们就这么走吧，"他把拐杖放在我床上，"不用这个啦，你留着好了。"

我们走了大约半小时，我一直很小心地搀着他的胳膊，以免他跌倒。

"好大的花园，"他赞叹说，"比马德里的植物园还大呢。"

"房子比艾斯科利亚尔建筑群稍许小了点儿。不过好在没什么国王埋在里面。而且，你可以随便喝酒唱歌。"

在西班牙，几乎所有的酒吧和小酒店里全有一面牌子，上面写着：禁止唱歌。

"那就唱个歌。"他说。我们一直走到我认为最适宜他休息的时间，他告诉我说："我有一封塔玛米斯写给你的信，医嘱全在上面。"

"那咱们马上回去，我好好看看，要尽快开始治疗，不能耽误。"

但愿我们有他需要的药品和维生素，如果没有，说不定我能在马拉加或者直布罗陀弄到。

我们在走廊里分手，他已经能稳稳地走回自己的卧室，虽然很费力，需要一手摸着墙壁。一会儿，他拿着一只装着名片的小信封回来，信封上注明了收信人是我。我拆开信封取出名片，上面写道："著名的朋友，我郑重地把我负责的病人安东尼奥·奥托尼斯交给您照看。一定要奏效，con mano duro（使用坚强、稳健的法子）。马诺洛·塔玛米斯。"

"欧内斯特，咱们可以开始这样的治疗吗？"

"我想咱们可以先喝一杯玫瑰红色的坎帕纳斯药水。"我说。

"你认为可以这么做?"安东尼奥问。

"不,这种药通常不在清晨喝,不过只是一种比较温和的泻药。"

"可以游泳吗?"

"得等到中午水暖些了才行。"

"说不定冷水更有好处呢。"

"也许,不过那样你的喉咙会疼的。"

"我的喉咙已经不疼了,咱们还是去游泳吧。"

"不行,必须要等阳光使水暖起来之后。"

"好吧。咱们再走会儿吧,把你的事情都说给我听听,你工作顺利吗?"

"有些日子挺好,有些日子也有些糟糕。"

"我也一样。有些日子你根本写不出来。但是人家花了大把钱财想看你,所以你还得努力。"

"不过,你最近状态倒还不错。"

"对。不过你知道我的意思。你有些日子也总有些漫不经心。"

"对。我总强迫自己思想集中,我用我的脑子。"

"和我一样,等你进入一种认真投入的状态时,那简直妙极了,没有什么比那更好的了。"

他一直喜欢把斗牛称为写作。

我们谈到各种各样的话题:艺术家在他的生活层面中碰到的种种问题,技术性事务与业务上的诀窍,资金筹措方面的事,还有经济和政治问题,当然还有女人。我们经常会谈到女人,以及我们该怎样做好丈夫,谈别人的女人与我们的日常生活。我们整个夏天以至整个秋天都在谈论,斗牛后驾车去观看其他斗牛表演时谈论，进餐时以及在康复时期仍然在交流。我们以玩笑的方式开始了一场游戏：见到陌生人时，立刻试着去判断他们，就好像判断牛那样。不过那已经是在较晚的时候了。

到"领事馆"的第一天，我们一边闲聊，一边玩笑，对受伤事件已经过去并恢复工作感到很快乐。安东尼奥那天在水里稍微游了一会儿泳，感觉伤口还有点儿抽痛，我便帮他把那个小敷料换了。第二天，他走路很小心，但看起来既不跛，也很稳。时间一天天过去，他越来越结实、强健。我们做操，游泳，在马房后方的橄榄园里开枪射击手抛的飞碟，各种训练都很好，吃、喝也不错，而且玩得很开心。后来有一天风大浪高，他却做得过了头，居然下海去游泳，结果汹涌、含沙的碎浪弄裂了他的伤口，不过这倒检验出伤口愈合得很好。我帮他清洗了伤口，包扎起来后用胶布粘得牢牢的。

大伙儿全都很开心，感觉就像卡门和安东尼奥重新度蜜月一般。他受伤休养的这段时间反而给了他们充裕的过正常的婚姻生活的机会。虽然代价很昂贵，而且收入也有损失，但他们却尽可能地好好利用这段时间，卡门也变得越来越美。

最后，他们告别我们，回到了那个他们自己仍旧在付款的牧场上。牧场在巴尔卡加多，位于加的斯①南面梅迪内伊西多尼亚乡野里那片绵延起伏的群山中。临启程之前，我替他换了最后一块敷料。他们乘坐一辆由雪佛兰中型货车改装而成的、能让助手们带着设备的旅行车出发了。彼此道别后，安东尼奥驾着车穿过大门，渐渐远去了。

---

① 加的斯（Cádiz）：地处西班牙西南部大西洋沿岸的港口城市。

第六章

　　自从安东尼奥在阿兰胡埃斯受伤，路易斯·米格尔共表演过四次斗牛。所有的报道都说他太了不起了。我见过米格尔，当他在格拉纳达大获成功后到医院探望安东尼奥时，我曾和他聊过天，所以，我很迫切地想看看他如何斗牛。何况我还答应过他，我们要到阿尔赫西拉斯去，因为他在那儿将会有两次表演。

　　在一个晴朗而多风的日子，我们开车沿着海滨大道驶往阿尔赫西拉斯。那次行程非常美好。我为风对斗牛的影响感到发愁，但是阿尔赫西拉斯的斗牛场在地点选择和建造方面，都对他们称为"莱班特"① 的强劲东风做出了极好的防护。沿海居住的安达卢西亚人们诅咒这种风，因为这风就像普罗旺斯的密斯脱拉风② 一般干冷，不过它并不会使斗牛士烦恼，尽管斗牛场旗杆顶端的旗子正激烈地翻飞着。

　　路易斯·米格尔果然很出色，就像所有关于他的报道所说的那样。他很自负，但并不傲慢自大。斗牛场上的他看起来很平静，很自在，犹如地中海北岸那股干冷的西北风或北风，似乎一切都在他的掌控之中。能欣赏到他指挥斗牛，看着他的聪明智慧展示发挥，真是件赏心悦目的事。他对自己的工作所抱有的那种崇高敬畏的态度、专心致志的神气，也是所有伟大艺术家的标志之一。

---

　　① 从地中海吹来的强烈东风。

　　② 普罗旺斯（Provence）：地处法国东南部的地区。密斯脱拉风（the Mistral）是地中海北岸常有的干冷的西北或北风。

他挥动披风的动作，比我先前印象中的情形还要精彩得多，不过他打动我的并不是他的贝罗尼卡动作，而是他的各种各样的闪避本事。那实在是令人愉快，因为它们全都如此巧妙，而且每一个动作都那么无懈可击。

他还是一位能熟练使用倒钩短标枪的斗牛士，他将三副短标枪刺进牛体内，那动作不亚于我见过的最好的短标枪手的动作。那些动作可不是杂技表演，也不是只摆摆姿势，他不是很快对着牛刺进去，而是先从抓住牛的注意力开始，诱使牛向前来，从而再使用一套几何形的体操动作引导着牛的步伐，直到牛角向他逼近戳过来时，他才将双臂高高举起，把短棒朝下，一下就刺中了该刺的地方。

他挥动穆莱塔的动作，不仅有效，还很有意思。他把那些传统的闪避动作全部做得十分出色，而且能将大量的各式各样的闪避动作使用得很全面。他杀牛的技术也很熟练，并且不会暴露自己。我能看出来，只要他愿意，他就可以宰杀得非常完美。我还看到，他多年来一直是西班牙乃至于整个世界（此乃西班牙人划分地方等级的方式）的头号斗牛士的原因。由此可见，对安东尼奥来说，他将会是一个多么有力而危险的竞争者。在观看路易斯·米格尔斗他的两头牛的过程中——尤其是斗第二头牛时甚至更为出色——我心里毫不怀疑这场竞争究竟会是怎样的结果。当我看到路易斯·米格尔用穆莱塔吸引牛的注意力，对它耍出自己的诀窍时，我心中的答案更加肯定了。后来，米格尔把穆莱塔和刀全都抛开，很谨慎地跪在牛的视线以内，让自己毫无武装地暴露于牛角的前面。

这是观众最爱看的一部分，不过等我看过两次以后，我就明白他是如何做到的了。因为我还看到了另外的常人不易察觉的情况。路易斯·米格尔的那头牛的角尖其实是修剪过后又被削成普通形状的。我能分辨出使用过曲轴箱油后的光泽。涂过这种油的牛角，看起来和正常牛角的那种健康光泽一模一样。如果你不懂如何去看牛角，你只会觉得这种牛角显得很锐利。

路易斯·米格尔状态非常棒，作为一位出色的斗牛士，他具有超凡的风度、渊博的知识，无论是在斗牛场内外，他都有着很强的魅力，所以他也是一个很危险的挑战者。在斗牛季节还在早期的日子里，一份艰巨的日程表排在眼前的情况下，他的状态显得真是有些好得过分。我知道，在这一时期的决斗中，安东尼奥有一个明显的优势——他曾经在马德里，跟没有削过牛角的牛搏斗过；他还曾在科尔多瓦，斗过一头生着巨大牛角的牛，而不是我所看到的米格尔应付的削剪过牛角的牛。坐在我们旁边的观众有些是有见识的，他们也知道这一点；但他们并不在乎，他们不过是来看看热闹场面的；另外还有些人也是从事这一行当的，但是他们同样不在乎，也从来不去挑明，这可以说是这一行中的潜规则；大多数的观众根本不知内情；可我不但知道内情，我还很在乎，因为我关注着他，我深信米格尔对牛具有独特的感觉和知识，他可以和任何种类的牛搏斗并跻身于真正伟大的斗牛士行列之中，甚至可以与何塞利托并驾齐驱。但要应付这样一头牛，防御方法其实并不相同，一切都难以捉摸，因此这将使他在必须面对真正的牛时，变得极为不适应。

这场斗牛结束后，我们见到了米格利略。他来领我们前往安东尼奥的牧场。黑暗中，我们的汽车驶出了市区，来到了背朝大海的大道上，然后顺着大道向上迂回蜿蜒，离开了欧洲西部荒凉的大山中突出的岩崖部分，转而驶入了满是干涸的环礁湖以及绵延起伏的丘陵的乡野之中，在越过那座高踞在群山中的迷人的白色小镇贝哈尔后，我们才绕过群山，进入了通向安东尼奥牧场的那条乡野大路上。天色很晚的时候，我们才驶进牧场，午夜时分才开始用晚餐，随后大家倒头便睡。这片牧场拥有一片大约三千英亩的土地，有丰富的水源，良好的天然牧场，里面饲养着育种牛、一岁左右的小牛崽、两头种牛以及准备用于斗牛的六头小公牛和六头成年的牛，其中有一头已经准备随时登场了。牧场和牛栏以前并不曾饲养过斗牛，因此它十分洁净。安东尼奥还把牧场上一片很好的土地用来种谷物，这时候正准备将它们收割。我们一大早便乘兰德·罗维尔①越野车出去溜了一圈，因此把这一切都仔细看了个遍。

我们回到粉刷雪白的牧场大房子，看到牧场里的谷仓、马房、养鸡场和储藏室几乎跟生活区连成了一片。同时我们被告知，路易斯·米格尔、海梅·奥斯托斯和两个养牛人都要前来一起用午餐。

那是一顿欢快而丰盛的午餐，用餐时间很长。四位来宾、安东尼奥、鲁伯特还有我共同围坐在日光间里的一张桌子上，而我们的夫人、比尔和一对巴伦西亚夫妇——卡门和安东尼奥的老友——则坐在昏暗、阴凉的大餐厅里的另一张餐桌旁。不知为何，这突然使我想起了战时参加过的那几次聚餐。有一次，一位将军在司令部内宴请另一位将军，可两人在西点军校学习时交恶已久。此刻，他们一面要在充满友善的氛围中共进午餐，一面又要心怀不轨地彼此提防着。他们都迫切希望看到对方反应迟钝的表现或者任何心神不宁、腐朽衰老的迹象。那是一顿很丰盛的午餐，每个人表面上都在轻松地开着玩笑，其实暗流奔涌，各个都

---

① 商标名，指英国生产的一种形似吉普车的多功能越野车。

小心谨慎。路易斯·米格尔和我彼此都很直率，不过是很小心地直率。说真的，我们大伙儿全都是朋友，我当他是朋友，而他也如此。可和安东尼奥之间，那种紧张的气氛还是持续了好些日子。然而这回我们第一次来到安东尼奥的牧场上，他表现得很友好。卡门很欣赏他这一点，也因此十分高兴。

三天后，我们告辞返回我们的"领事馆"。那几天过得相当愉快，我知道安东尼奥已经觉得自己的伤口没什么大碍了，他每天睡得很香，精神状况也很好。我们约定好四天后在阿尔赫西拉斯再聚会，因为到时路易斯·米格尔在那儿进行表演。我们打算等星期一的斗牛结束后，我们去龙达旅行一次，然后，他再回到牧场去跟那些正在接受测试的种牛进行训练，而我们则翻过大山，回到"领事馆"继续工作。

路易斯·米格尔在阿尔赫西拉斯对抗的那几头巴勃罗·罗梅罗牛状态都非常好，它们的腿和蹄子健全而灵便，奔跑起来速度也很快，不像安东尼奥在马德里斗过的那几头巴勃罗·罗梅罗牛，身体过重不说，反应还迟钝，腿还有儿跛。整个下午，路易斯·米格尔的表演都很成功。他表现得不像一周前那么紧张，不过这也许是因为他上次搏斗后有一星期的休息。他先是两膝跪在沙土地上，迎接第一头牛的攻击，接着做了一个优雅的拉尔加①动作。他挥动披风的所有姿态都很出色，而这次的贝罗尼卡动作，更是我所见过他做过的最出色的动作。最后，他把那头牛献给了我和玛丽，并且大声呼喊玛丽的名字让她听到，从而知道是献给她的，好站起身来接受。我们坐在看台上，看到斗牛士两手

① 斗牛士一手握着披风的一头，让披风全部张开，吸引牛到身边，然后又闪避开，让牛擦身而过的一种动作。

— 72 —

各握着披风的一端，把披风完全张开，把牛吸引过去，然后闪避开，让牛做出擦身冲过的动作。我们的座位在通往斗牛场木围墙的一个入口的上面，大约在观众席向上三分之一的地方，站起身来也听不清他说的话，只能够远远望见他黝黑的脸和他呼喊的口型。玛丽看起来非常激动，脸都红了。而后，路易斯·米格尔像一个棒球运动员那样把他那顶沉甸甸的帽子扔向我们，我一把接住它，并把它交给了玛丽。再次坐下后，我们看到他在我们的正下方，用穆莱塔做了一个精妙绝伦的精彩动作，他适应那头牛之后，在长时间的各种各样的全套动作中，他用穆莱塔控制住了牛，并缓慢而优美地闪避开牛。等他开始突入去宰牛时，两次都刺中了牛肩部的骨头，每次都突入得无比精彩，可以说是当之无愧的一个刺击。最后一次，他才把刀完全刺进去。因为他两次刺牛所表现出的高超的技巧，观众纷纷要求给他一只牛耳作为纪念，会长却拒绝了。观众们非常愤怒，他不得不绕着斗牛场走了两圈来安抚他们的情绪。

和第二头牛的决斗，路易斯·米格尔表演得更加出色。那是头极其剽悍的牛，身体毫无缺陷。米格尔一眼就看到了这一点，他没有移动脚的位置，连续做了六个贝罗尼卡动作，将三对一模一样的倒钩短标枪对称地插了进去。如同上次表演时那样，他在贴近牛时逗引它朝自己冲来，直到双方即将全力碰上时，他在牛角前轻盈地一下闪开，原本水平持着的短标枪便垂直向下，一下刺进了它们应该刺入的那一厘米骨头缝隙中。他真是一个能出神入化地使用倒钩短标枪的斗牛士。他的技巧、专业和才华深深地打动了我，给我留下深刻的印象。他所有的动作都做得那么从容优美，整个表演中，他看起来始终那么欢快自信，又胸有成竹。

接下来，如同我先前看到的那样，他把那个撑开的穆莱塔在牛眼前缓慢地来回晃动着，使牛头晕目眩渐渐进入被催眠的状态，不一会儿牛便待着不动了。其实对一只鸡也可以做这类的动作，先把鸡头扭过来塞在翅膀下，然后用手提着它，前后摇动上六七遍，再把鸡放下，让它的头继续保持着藏在翅膀下的动作，它就会躺着一动不动，让这种睡眠状态持续一两个小时，其间除非你去弄醒它。这是一种可以自行玩耍的小把戏，在东非我曾做过并且相当的成功。在乞力马扎罗山①下，一个乡村小屋的门廊上，有时候我会用这种方法让十几只鸡躺成一排睡着不动，当时我们似乎正急需做什么事情，必须用这种魔法。

路易斯·米格尔此时就用这种催眠的、摇晃的闪避动作，使牛进入睡眠状态，然后，他跪在牛的前面，背对着牛，把刀和穆莱塔都抛开。这就是我和安东尼奥称之为诀窍的动作，它是一种很好的伎俩，但总归只是一个伎俩。路易斯·米格尔的动作其实本就超群出众，可以说并不需要运用这种窍门。但是他为确保自己取得成功，以免招致会长和观众的不满，仍然使用了这种方法。

他再次唤醒牛，当牛站在那儿听天由命时，他便一刀利落地直刺进去，这一刀一下就刺中并切断了牛的脊髓。牛庞大的身躯颓然倒下，那情形就像有人把电流一下关掉一般。观众暴风雨般挥动着手帕欢呼，待会长做出一个手势后，米格尔的助手便把两只牛耳全割下，而狂热的观众恨不得再多给他点儿东西。

斗牛结束后，我们便去了玛丽亚·克里斯蒂娜大酒店，这是阿尔赫西拉斯的一家最古老的大酒店。在欢快的喧闹声里，我们和路易斯·米格尔待在一起交谈了一会儿，玛丽这才知道当时他

①　乞力马扎罗山（Kilimanjaro）：非洲最高的山，地处坦桑尼亚境内东北部。

把牛献给我们时到底说了什么。那就是，"玛丽和欧内斯特，我将这头牛的生命，献给我们永恒的友谊"。我们俩都深受感动，不过，这也使情况变得比预想的更为复杂。我本来想让自己对路易斯·米格尔和安东尼奥的评价保持绝对公正的，然而自这场竞争开始之后，就像发生一场内战一般，我想中立的希望变得越发困难了。由于路易斯·米格尔是一位十分优秀的和极为多才多艺的斗牛士，他当时又处在极佳的状态，我能想象当他们同场演出时，安东尼奥会碰上多大的挑战。

路易斯·米格尔必须保持住他在斗牛界的地位。他号称为第一斗牛士，而且他还十分富有，这对斗牛士在场上的发挥是有很大影响的，不过他本人确实十分爱好斗牛，以致到了斗牛场上也就忘了自己的身份。但是，他仍然希望形势对他有利，而要继续保持这种有利的形势，就必须削去锋利的牛角。当然，他还希望每场斗牛能得到比安东尼奥更多的钱。鉴于以上原因，他俩的斗争更是变得你死我活的了。安东尼奥拥有魔鬼般的自负，他深信自己是一名比路易斯·米格尔更了不起的斗牛士，因为他长期以来一直都是如此斗牛，他知道不管牛角有没有处理过，他都可以完美地完成斗牛表演。本来，路易斯·米格尔领到的报酬就比安东尼奥要多。所以要是在他们一块儿演出时，面对这样的情况，安东尼奥内心蕴含的那种奇怪的炽烈的欲望一定会发泄出来，直到所有人，特别是路易斯·米格尔，能够毫无疑义地感受到他所宣称的谁是最了不起的斗牛士。安东尼奥一定会那么做，不然就会要了他的命，而那时他可不想死。

到龙达的那次旅行，是一次翻山越岭的伟大的攀登，很有趣也很有意义。安东尼奥就诞生在那个著名的小镇，镇上有拥护他的人专门成立的俱乐部，还有一件预备赠送给他的缝着金线的旅行披风。他说准备领我去看些东西，并且要告诉我一些事儿。我问他打算怎样去接受那件披风。

"我们就以斗牛士的打扮和身份去。"他说。在当时，这意味着只穿一件马球衬衫①，而且不打领带。赠送典礼结束的时候，依照惯例，安东尼奥说了一番"非常感谢你们"的话后，便转身对着我说："现在，请你去领受你的奖品。"

"我的什么，你——"我一时间摸不着头脑。

"在市政厅，市长要颁发给你的金质奖章。"

"难道我就穿成这样去吗？"

我当时穿一件灰色针织马球衬衫，还好是刚刚洗干净的，只是领口处不能扣起来。

"这件衬衫很好啊，"他说，"而我们是斗牛士，不是吗？"

我们排着队游行一般穿过街道，当地所有安东尼奥的追随者们都穿着他们最华美的衣服簇拥着我们。那是一枚纪念佩德罗·罗梅罗一百周年的奖章，在这以前龙达市只颁发给过五个人。市长和一些显贵要人都穿着正式服装，而我们是一身斗牛士打扮，安东尼奥对此却十分高兴。原本"斗牛士"指的是塞维利亚下层社会的人，大多是流浪汉与无赖，可以说是一个十分粗俗的词，而现在却具有了另一种重要的意义。

那是一个晴朗又令人感到慵懒的日子，在那个陌生而可爱的镇子上，我们会见了安东尼奥的那些忠实而友好的朋友，并且受到了他们热情的款待。我们终于要离开了那个斗牛的摇篮、堡垒一般的小镇了。汽车首先向上方攀登绕过山坡，又转而向下驶上了狭窄的山路，然后沿着一条秀美、清澈的山涧再往下，一直行

---

① 一种短袖开领的衬衫。

驶到马尔韦利亚①下方的沿海地区；最后，一条宽阔的海滨大道又把我们送到了马拉加。在那儿，在一所被灰蒙蒙的树木掩盖的邮局里，我们从上了锁的信箱内取出信件，匆匆地浏览了一遍。之后，我们的车子又驶出城外，再次向上进入了群山之中，回到了那条漫长的树木繁茂的车道上。路上，偶尔看到有些树被砸折了，那是前年冬天的一场大暴雨造成的泥石流带下来的大石头所致。长途跋涉之后，车子终于开进了两扇大铁门，驶上了"领事馆"那条铺有鹅卵石的车道。远远地，就听见大狗和小狗汪汪地叫成一片，像在欢迎我们的归来。

　　五天后，安东尼奥和路易斯·米格尔终于要在同一座斗牛场一起进行表演了。

---

　　①　马尔韦利亚（Marbella）：地处西班牙马拉加省的镇市，位于马拉加市西南三十英里。

第七章

这次竞赛的首场决斗在萨拉戈萨。所有喜欢斗牛，并且出得起旅费的人几乎全都会聚到了那儿。马德里的评论家们也全都到了。午餐的时候，宏丽大饭店里到处都是人，养牛人、赞助者、上层社会名流、有头衔的人、承包马匹的人，以及安东尼奥俱乐部的全体追随者。路易斯·米格尔的追随者数量也很多，甚至还有政客、官吏和军方人士。我和比尔在市区他喜欢的一家酒馆里共进午餐。

饭后，我们一起来到安东尼奥的房间里，我们发现他异常高兴，甚至有点儿飘飘然。但是，从他那好像脖子有点儿僵硬的摇头方式，还有他那有点变化的安达卢西亚口音，我感觉他的心情好像很紧张。不过他却说他睡得还不错。这场表演之后，我们所有人全要驾车上特鲁埃尔去吃饭。比尔和我将从斗牛场直接出发，而安东尼奥乘坐他的梅塞德斯牌汽车完全可以追赶上我们。这一切使我不由得再次想起阿兰胡埃斯斗牛前的那次谈话，可是他就要我们这样。我们告辞时，他咧开嘴很随意地笑笑，还冲我们眨了眨眼，仿佛我们之间有个秘密似的。他并不能说是心神不安，但是确实有点儿紧张。

我也到路易斯·米格尔的房间里停留了一会儿，并祝愿他抽签能抽到几头好牛。我感觉他看起来似乎也有点儿紧张。

那是一个十分炎热的日子，6月的阳光已经很强烈。路易斯·米格尔的第一头牛非常神气地冲进场，迈着坚定有力的步伐朝着长矛手猛冲过去。路易斯·米格尔立刻向前把牛完全引开，他舞动披风表现出的优雅美好的姿态、傲慢的风度和支配一切的气势，就像我们上次所观赏的那样。等那头牛再次冲向另外一个长矛手时，安东尼奥又用披风把牛引过去。他这回把牛引到场地中央，那么徐缓、那么贴近地闪避开它，每一次闪避时他的身体都站得笔直，如雕塑一般，并且动作越来越缓慢，时间也越来越长，直到你难以相信那种挥舞披风的动作是能办得到的。观众和路易斯·米格尔全都看得出来，他们在挥舞披风方面的差异已经很明显了。

路易斯·米格尔很利落地把两副倒钩短标枪刺进牛的身体，然后又十分精彩地再加上一副，以此唤起那头牛的狂暴。他在那等候着，直到最后一瞬间，他才紧接着蓦地转过去，将标枪深深地刺入，然后完全回过身来。他真是一个能出色使用倒钩短标枪的斗牛士啊！接着，他又用穆莱塔控制住了另一头牛，并长时间的用精彩的闪避动作灵巧而智慧地逗引它，不过这些动作并没有什么特殊之处。

安东尼奥此时也在把自己的那头牛引开，那可不是一头性情单纯的牲口，所以他不得不多施展出一些本事来。他两次突入进去想要杀牛，但是运气都不好，而且他看起来也不十分坚决。随后，他开始了第三次突入，终于把半柄刀直直地插入了那个坚硬的、高耸的死亡之穴。

路易斯·米格尔则巧妙地诱使自己那头牛的头垂下，让它的嘴对着在沙地上展开的穆莱塔，然后一把将宰牛刀的刀尖直刺过去，牛立刻就毙命了。观众高声为他喝彩，他兴奋地绕着斗牛场巡回了一圈，薄薄的嘴唇上露出了一丝浅浅的微笑，我们那年夏天将会十分熟悉那种神色。

安东尼奥的第一头牛精神抖擞地冲进场来。安东尼奥立刻接下了它，并随着每一次躲闪越来越迫近它，同时使自己适应了它的速度，并用从前那种让人惊心动魄的节奏挥舞着披风。他没有让牛在与长矛手接触的过程中受到什么损伤，直到倒钩短标枪刺进去之后，他才施展出了一个月前在阿兰胡埃斯那场精彩绝伦的表演中都没有施展出的招数。他完美地回归了。那次被牛抵伤的经历丝毫没有削弱他，反而让他从中得到了一个教训。他用自己的独特风格结束了斗牛的最后几个精彩回合。他让牛变成了自己的伙伴，使牛看起来很可爱地协助他，而他在可以控制的情况下，以尽可能危险的形式闪避开牛角。最后，等牛再也没有什么可以付出的东西时，安东尼奥使用一个轻快的步法从牛角上面探身突入，一刀杀死了它。在我看来，那并不是一个多么复杂的手法，但是观众和会长都认为还不错。他得到了一只牛耳。

我和比尔都放松下来。安东尼奥回到斗牛场上的样子看起来就仿佛始终没有离开过似的。这一点对他而言尤为重要。那种疼痛和惊吓，对他内心并没有造成什么伤害，他只是眼睛四周显得有点儿疲惫，仅此而已。

路易斯·米格尔的第二头牛四条腿看起来不是很有力。他尽力耐心地调拨它，经过开始很出色的几个回合后，牛失去了一只蹄子。米格尔请求允许他出钱买一头牛替代，以便在安东尼奥斗完他的牛后继续重斗。接着，他宰杀了那头可怜的、蹄子被折断了的牛。

安东尼奥的最后那头牛出场了。这头牛实际上并不剽悍，而且也不是一头适合壮观的斗牛场面的牛。它行动很迟缓，似乎只等着被人支配，然后用穆莱塔制服后，迅速地被杀掉。然而安东尼奥没有这么做，他开始设法去挑衅它，使它成为一头愤怒而有斗志的牛。他用披风很优美地引开它，他以自己的勇敢和经验判断这头牛的缺点并加以调整。他那样做真是令人愉快，不过也有点儿让人提心吊胆。所有短标枪手的神经都开始紧张起来，我注意到米格利略的脸色已变得煞白，神情显得极为不安。

安东尼奥用穆莱塔时，以为自己已经使牛绷直了身体，可是当他从一段距离外开始引导牛过来时，那头牛却在冲刺中突然猛地停住，试图冲向穆莱塔下面斗牛士的身体。安东尼奥把自己裹在穆莱塔中，摆脱了牛的攻击。牛似乎不甘心，又尝试了一次，可它终究不过是一头能满足安东尼奥所需要表演的那种活儿的牛。这时，安东尼奥也知道自己高估了这头牛，于是开始对牛做出必需的闪避动作，并准备杀了它。他诱使牛摆好架势，然后一刀从牛角上方直刺进去，在牛颈部略微偏低的前沿那个合适的顶点直扎至刀柄末端。

路易斯·米格尔迎来了那头替代的牛，那是萨穆埃尔·弗洛雷斯的一头稍嫌过重的大牛。它生着一双锋利的角，但并不是十分凶悍。路易斯按着自己的方式挑衅它。他先将四副倒钩短标枪插了进去，这是一种马西制造的精良标枪，而不是他刺入第一头牛时使用的那种很昂贵的标枪。他巧妙稳妥、镇定自如地挥舞着穆莱塔。接下来，他开始展露他深知的观众所喜爱的所有技巧，而且全都表演得非常利落。第一次用剑刺时，他有点儿犹疑不定。第二剑则正对着插入点的最高部位，结果把半个剑身都扎了进去，重重地、准确地刺进了主动脉区。那头牛浑身抽搐，他看着它然后用宰牛刀彻底结果了它。他得到了两只牛耳和牛尾。

比尔说："这个赛季会让路易斯·米格尔花掉一大笔钱，如果他每次都要按四万比塞塔的代价跟安东尼奥进行决战的话。"确实如此，从表面上来看，路易斯·米格尔击败了安东尼奥，但是单凭抽签选定牛是很依靠运气的，至少有一部分是依靠运气；而在两头牛上，安东尼奥全都占优势，增加的那头牛才让比赛结果有利于路易斯·米格尔。"今儿的表现是很有启发性的，"我说，"路易斯·米格尔很明智，而安东尼奥把牛引开的那个动作也使他受到了影响。那影响将会在他身上持续，你很快就会见到的。而这正是在马德里安东尼奥对可怜的阿巴里奥所做过的事。"

"他总在路易斯·米格尔之后斗牛，你想想，"比尔说，"这也是一个极为有利的条件。"

"咱们得弄清楚那些备用的牛，"我说，"也许咱们将会遇到很多头这样的牛。"

"我认为这事不会一直持续下去。"比尔说。

"我也希望不会。"我表示同意。

这场斗牛让我们看到和感受到的一起，使我非常疲倦。在一场斗牛后，我是不喜欢开车的。但是第二天五点钟，在地中海海滨的阿利坎特①，我们还要看一场斗牛，然后第三天六点钟在巴塞罗那，第四天五点钟在布尔戈斯②，全有斗牛要看。你可以在一幅等高线地图上看到这些地方的距离，知道这些道路是什么状况，就会明白这意味着什么。那天，我们从马德里一直开车来到萨拉戈萨，而在那之前我们已经先从马拉加开车往上驶到了马德里。

自内战结束以后，通往特鲁埃尔的道路始终有一大部分还未能很好地修复。沥青路面既狭窄又高低不平，夜间即使用再慢的速度行驶都充满着危险，但那是我们能到达地中海海滨的唯一一条路。我们在黑暗中以安全的车速驶过那条路，也许比安全允许

① 阿利坎特（Alicante）：西班牙东南部地中海上的海港城市。
② 布尔戈斯（Burgos）：地处西班牙北部的城市。

的车速稍快了一点儿。到了特鲁埃尔北区的政府招待所里，大伙儿全都累倒了。天色已经很晚，但招待所仍然为我们备下了精美丰盛的晚餐，有冷盘、牛排、蔬菜和色拉。

"感觉怎么样？"我问安东尼奥。

"很好，这条腿没怎么影响我。只是在最后一小段路程我觉得有点儿疲乏。你呢？"

"在看完那样一场斗牛后，我总会感到乏。"

"我需要一点儿时间让自己平静下来，"他说，"我刚刚吃了一份火腿三明治，还喝了一杯啤酒。有时候，我对这些没什么胃口。不过今天这顿饭吃着感觉还不错。"

"从现在开始，你能睡得着吗？"

"当然啦。我要把座位放平，一路睡到阿利坎特。就我而言，最好是夜晚坐车，白天睡觉。要是夜晚睡觉，我会惊醒而失眠；要是白天睡觉，我醒过来就会很快乐。"

他说着就哈哈大笑起来。我们开始彼此开玩笑。从这之后，我们基本上没再谈论斗牛。我们也讲讲笑话，那玩笑往往十分粗鄙，而对安东尼奥一直忠心耿耿，从他斗牛开始就追随着他的查尔里，则担负起了莎士比亚戏剧中传统的小丑的角色。那是一个喝酒喝得很凶、长得圆滚滚的巴斯克人，他既会讲一些滑稽的故事，同时又能充当大伙儿开玩笑的目标。在斗牛行当里，可以拿来取笑的事情和人很多，因为狂热喜爱斗牛的人都可以说神志儿乎是不太清楚的，而那些斗牛士的崇拜者，更容易给人留下笑柄。

午夜过后，三辆车子开始出发，穿过茫茫黑夜一直驶往阿利坎特。凌晨时分，比尔和我从睡梦中醒来，汽车正沿着河行驶，窗外的河面上笼罩着一层寒冷的薄雾。不久太阳从东方升起，那耀眼的光辉逐渐把薄雾散去。车子驶过一处曾经发生过战斗的地点。我告诉比尔这个地方地形地势上的特点，但我并没有向比尔说明那场军事行动是一场怎样的攻防战。我想，只要他心中明白这些，他就可以从其他详细的叙述中想象那场战斗。

此刻，那致命的寒冷与冰雪全部没有了，但我看见许多地方仍光秃秃的、毫无掩蔽的情景时，我仍然会感到一种恐惧。并不是说看到那片区域就马上使人回想起过去的战争，而是因为那种回忆在心中始终不曾离开。不过那片区域多多少少可以帮助你忽略大地上发生的某些事情。你会发现，那些在过去曾对你至关重要的光秃秃的小山，对你造成的影响如今是多么的小。那天早晨，我们乘车沿着大路驶向塞戈尔贝①时，我突然想起一辆推土机对一座小山的破坏，是怎样超过了一旅士兵的牺牲所造成的影响；留下来死守这片高地的整旅人很可能全部牺牲了，他们的尸体在一段时期内将会使土壤肥沃，或者为小山增添一些有价值的有机物和些许的金属。但是这样的金属并不像矿产那样丰饶且起不到任何营养作用，在春秋两季的雨水中，在冬天积雪的消融流淌中，它们最终会从那片贫瘠的土壤里被冲走。

我还想去看看其他一些地方，因为我们正要穿过它们。我感觉，由于当时时间匆忙，情况紧迫，加之视觉在战火下受到的扭曲，我对它们的回忆一定不太正确，但现在我就要再见到它们了。到时候，我正好纠正一下自己回忆里的错误。某些特别难以置信的地方，我都将之指出来给比尔看看。它们就好像在博物馆里陈列的、我们认为在战争中不可能出现的事物。我指给他看向前通往阿维拉②一条大道上的一个隘口，还有瓜达拉马一个村庄

---

① 塞戈尔贝（Segorbe）：地处西班牙卡斯特利翁省的大教堂城市。
② 阿维拉（Avila）：西班牙境内阿维拉省的首府，位于马德里西北七十英里。

道路两旁的阵地。此时来看，那些阵地要坚守的话显然是十分荒谬的，所以他并不十分相信我，但我并不责怪他。因为，当我此刻看见那些旧的阵地时，我自己都感觉难以置信，尽管对它们的回忆比任何照片都要清晰。

抵达塞戈尔贝后，我感觉异常轻松。这是一座古老、优美且没有遭受战争破坏的市镇！过去我曾无数次地路过它，却始终没有机会在镇上稍作停留。以前比尔和安妮在这儿居住过，镇上所有的地方他都很熟悉。在这里我们吃了一顿丰盛的早餐，有咖啡、乳酪和水果。我买了几根农夫在山区使用的那种精制木手杖，这种手杖以前我只在非洲看见过。顺便我还买了一些甜美的樱桃，把它们装进了冰镇的酒囊里。

汽车向下驶出了山区和丘陵地带，来到了那座地势陡峭、道路杂乱无章，拥有古老灰白高城墙的伊比利亚市镇萨贡托①。从远处望去，整个萨贡托像一座被破坏的倾斜屋顶上的石板瓦，似乎就快会滑落下去；等你到了镇上则会发现，它的上半部似乎又是让一些仙人掌给挡住了。我本来很想在这停留一下，到镇上去走走，然后再攀登上那座古堡看看，可是由于急着赶往阿利坎特去看斗牛，所以只好驾车穿过那由拥挤的汽车、自行车和小型摩托车组成的星期日的车流，朝巴伦西亚驶去。

这片乡野是一片富庶的滨海平原，从海滨一直延伸到丘陵地带的山麓。道路两侧尽是绿得深浅不同的橘子树、柠檬树以及绿中带着银白色的橄榄树，我们从这些树木深色的大树干旁穿过。这里的房屋全被刷成了白色，房子四周环绕着高大的棕榈树和一行行柏树。因为周末，路上挤满了各色的驾车旅行者，小型摩托车平均每隔五六英里就会有一辆出事。

---

① 萨贡托（Sagunto）：地处西班牙巴伦西亚省的城市，位于巴伦西亚市以北二十英里。

　　绕过了巴伦西亚，我们开往途经环礁湖的滨海大道上，大道左侧是荒凉的海滩和意大利五针松树林。大风正起，汹涌的海浪强有力地拍打着海滩，斜帆的小船航行在环礁湖上，绿油油的水稻在风中摇动着。远处，环礁湖的那一侧是粉白的村庄和参差不齐的黄褐色远山。沿岸的河道上有许多人在垂钓，他们停在一旁的小型摩托车都带有装置了齿轮的钓竿。而那些小型摩托车们也继续保持着发生车祸的记录。直到我们离开巴伦西亚，开上通往阿利坎特的海滨大道，车祸才逐渐减少，然而在我们驶近阿利坎特城时，车祸又增多起来。

　　驾车沿着滨海大道行驶很是新鲜有趣。这里的海岸比马拉加以南的还要险峻，可来来往往的各种车辆阻挡了视线，使人难以看到蔚蓝的海水打在下面岩石上激起一朵朵白色浪花的情景。在驶入阿利坎特轻松、繁荣的市区后，感觉非常惬意。市区内有一家很棒的新旅馆——卡尔顿大饭店，此时镇上正在举行集市，而我们也表示在斗牛结束后马上就会离开，但我们还是得到了一间阴凉、舒适、带有一座大阳台的房间。

　　安东尼奥心情非常好，显得有些自信满满。他一路上都在睡觉，抵达这家旅馆后又一直睡到中午，之后他还有不少事情需要办理。巴伦西亚斗牛场的赞助人要跟安东尼奥谈谈，问他需要哪几头牛。我们辞别他离开房间，去等候从纽约飞到马德里的埃德·霍奇，不过他到的实在太晚了，没来得及去观看萨拉戈萨的那场斗牛。斗牛开始时，估计他不是在乘飞机，就是在乘汽车抵达这儿的路上。

　　我和比尔、多明戈，还有巴伦西亚斗牛场以及阿利坎特斗牛场的两个赞助人共进午餐。巴伦西亚斗牛场的赞助者是我的一位朋友。他们为巴伦西亚集市制订了以安东尼奥和路易斯·米格尔的斗牛为基础的规划，其中有一场斗牛是路易斯·米格尔和安东尼奥面对面的决斗。"那一定是个了不起的周日。"比尔说。

正在这时，霍奇乘坐一辆出租车颠簸着来了，他满脸雀斑但神情十分坚毅。我们为他要了点儿吃的，当我们告诉他我们正准备去斗牛场的过道上观看斗牛时，他很快就把路上的辛劳全抛到了脑后。

"要是牛跳进走廊里，我该怎么办？"他问。

"那你就跳进斗牛场里。"

"要是牛又回到斗牛场，我怎么办？"

"你再跳回过道来啊。"

"这是基本知识，"霍奇说，"没有什么问题。"

那天下午，胡安·佩德罗·多梅克的五头牛中，有四头都很好。安东尼奥对他要斗的两头牛很满意，并且先表演了一下他的权威性理论：应该怎样用他的第一个贝罗尼卡去斗牛，结束时又如何用他的刀进行最后一刺。他割下了第一头牛的耳朵和尾巴以及第四头牛的一只耳朵。他的每一个动作都堪称一流，不过看起来并不冷血，因为他对牛充满了感情。他指引、控制牛的方式优美而典雅，而且宰杀牛的动作也十分干净利落。我们在很近的地方看着他表演，听着他在这场完美的斗牛中对他的助手所说的关于牛的一切，真是棒极了！

这场斗牛表演结束之后，我们前去位于港口北面沙滩上巴伦西亚大饭店里约好的露天大餐厅里会面。那是一次去巴塞罗那的通宵行路。在我们进入加泰罗尼亚①后，有一段很糟糕的经历，不过旅馆里的人不肯收取我们支付的房间费用。乘车离开前，我遇见了一些老朋友和难得的两三位仍健在的老友。在斗牛场上他

---

①　加泰罗尼亚（Catalonia）：西班牙东北部的一片地区。

们就看到了我们，此刻他们是来向我们告别的。我告诉他们下月二十三日我们将前往巴伦西亚参加集市日，到时候我还要回到阿利坎特来的。

"你怎么会专门过来看斗牛的，欧内斯特?"一位老朋友问我。

"为了看安东尼奥啊。"我说。

"这很值得，"他说，"但除此之外，其余全是一团糟糕的表演。"

"我会仔细观察的，"我说，"等看完以后，我就知道啦。"

"好，那祝你好运，也许在巴伦西亚我还会再遇到你，"他问道，"你知道安东尼奥在那儿有几场表演吗?"

"大概有五场表演。"

"到时再见吧。"他说。

暮色四合，天色越来越暗，我们行驶的大道非常拥挤，因为许多度假的人正由那条大道返回。路上的小摩托车比先前少多了，也没有出现什么车祸。我想那些车技差的人大概早已经全军覆没了。不过小型摩托车原本就不是一种很适合夜晚使用的车辆，它们大多很早在白天就回去了。

比尔不愿意换班，车便一直由他来开。他喜欢驾车和骑自行车，所有不点灯的车辆他都喜欢。他不喜欢轻松安逸的生活，因为他曾经读过一本相当无聊的书，写的是关于斗牛士从一场斗牛走向另一场斗牛时所经历的艰难与恐怖。我们都知道那个作者是谁，之前我们全错误地以为，他真的亲自开车驶过了那些蛮荒的地方，不过现在我们已经不在乎他的经历了。比尔则认为，假如这个不大可能存在的人物可以一夜接一夜地开车驶过那么遥远的行程，而且还能活下来写书记载下来，那么自己这个坚定的驾驶员要超过他应该是很容易的。霍奇也觉察并意识到这是一项运动，认为要是比尔想要开车开到死，那就太了不起了。正好我们可以以此为素材写出一本书来。

"你一点儿也不困吗，比尔?"我问，"从今天早上六点钟开始我们就一直在路上，现在又站在斗牛场的过道里。"

"午餐时咱们是坐下的呀。"比尔说。

"别听他瞎说，"霍奇说，"我们让他站着吃的。"

"要不咱们歇会儿喝点儿咖啡吧。"我提议说。

"我认为这并不符合运动家的作风，"霍奇说，"就好像如果比尔是一匹马，咱们是不能给他服用麻醉剂的。"

"你是说如果到了佩皮卡，他们会对他的唾液进行一次检测吗?"

"我可不知道他们有没有这些设备，"霍奇说，"我从来没有在佩皮卡待过。不过我想在一座跟巴伦西亚差不多大小的城市里，那儿应该有测试唾液的设备吧。"

"那大概得在巴伦西亚港口。"比尔忧郁地说。

"比尔，振作起来，"霍奇说，"到了巴塞罗那，我们一定会给你进行一次正经测试的。"

在佩皮卡吃的那一餐简直美味极了。那是一家清洁的露天大餐馆，客人可以清楚地看见每个烹调过程。你可以随意挑出你想吃的食材，请厨师炙烤或烘焙，海鲜和巴伦西亚米饭是这个海滩上最美味的食品。在一场斗牛之后，每个人都觉得精神很好，也都觉得饿了，那顿饭吃得很香。这个餐馆是一个家族餐厅，所有的人都彼此认识。在这里，你能听见海水打在沙滩上的浪涛声，能看到灯光照射到湿润的沙滩上。我们喝了不少桑格里厄汽酒，这酒盛在大罐子里，是一种加了新鲜橘子汁和柠檬汁的红酒；食物更是丰富多彩，本地的香肠、新鲜的金枪鱼和明虾、脆脆的油煎章鱼触须——嚼起来味道就像龙虾，而后，配上加有灯笼椒和蛤蜊的橘黄色米饭，还有牛排和烤鸡。如果按巴伦西亚标准来看，那却是一顿"十分节制"的晚餐。因此，餐厅的老板娘很是担心，生怕我们是饿着肚子离开的。不过，谁都没谈到斗牛。佩皮卡距离巴塞罗那有三百八十二公里，离开那家饭店时，我告诉安东尼奥我们可能会在路上找个地方过夜，然后再到旅馆里和他会合。比尔表示通宵都可以驾驶，说那一餐非但没有使他困倦，反而让他更加精神。我提议我们在沿海岸向上大约一百三十公里处的贝尼卡洛①停下歇息。比尔说他只要稍微感到困倦，就会驶离大道，如果我们想在贝尼卡洛停下的话，他可以停下，不过这完全没有必要。我很快就睡着了，等我醒来时车已经过了贝尼卡洛，正驶近比纳罗斯②。大约再过半个小时，天就会亮了，于是我们在一家通宵营业的卡车司机小饭馆停下休息，并吃了些夹有乳酪的三明治。沿海清爽的空气使我觉得很饿，我的三明治里还特意加了几片生洋葱。我们还喝了咖啡，品尝了一下本地的酒。酒吧后面有一副牛角，应该是某一个见习斗牛士割下了牛耳，而那副牛角则留在酒吧后面，它们是相当大的一副牛角，谁也没有把它们带走。我想出去走走看看前面的一片乡野。我上一次见到它，还是在国家主义党③的军队直开到海滨、我们险些儿被围困的那天。当安波斯塔开车驶过埃布罗河④下游之时，太阳才刚刚升起来。

---

① 贝尼卡洛（Benicalo）：地处西班牙卡斯特利翁省的海港。

② 比纳罗斯（Vinaror）：地处西班牙卡斯特利翁省近地中海的城市。

③ 指西班牙独裁者佛朗哥（Francisco Franco）的军队，他在1936年发动反共和的叛乱，1939年胜利后，自任国家元首大元帅。

④ 埃布罗河（the Ebro）：地处西班牙北部的一条河，流向东南，入地中海。

　　那天天气很恶劣，一股海风从海面上吹来，到处还笼罩着一层薄雾，道路情况也很糟糕，整个乡野在那片灰蒙蒙的光线下显得非常荒芜。曾经一度像马恩河或埃纳河①一样对我们很重要的埃布罗河，现在看起来同样也没有什么重大历史意义。不过河水还像以前那样呈现出一种黄褐色，很缓慢地流淌着。

　　对我而言，那天很令我伤感，不过我克制着自己不把这种情绪传给别人。我们很快就抵达了巴塞罗那的那家好客大旅馆，如果我们是斗牛士，能在大白天酣睡的话，我们甚至还打算在那儿酣睡上一大觉。

---

①　埃纳河（the Aisne）：位于法国北部的一条河流，也曾是第一次世界大战的重要战场。

第八章

　　窗外时断时续地下着雨，一阵相当猛烈的风吹撼着高大的悬铃木的枝叶。如此看来，这场斗牛似乎不得不暂停了。可由于预售的票非常多，我知道他们很可能照常举行，除非沙土太湿，到了计划斗牛的时刻实在无法斗牛。比尔还是不肯睡上哪怕一小会儿，反而跑出去买报纸。我本想打个盹儿，但是也没能睡着。不过，这对我来说倒没什么关系，因为午夜之后我就已经在车上好好睡过了一觉。我倒是更担忧比尔，他还想继续开车。我去找了那个持剑人米格利略，他说安东尼奥此时睡得正熟。

　　等我和比尔见到安东尼奥时，他表示虽然对这样的天气感到非常厌恶，可是仍然热切地盼望这场斗牛可以照常举行。他说，他对自己和路易斯·米格尔第二次较量的机会很是期待，还说在阿利坎特，他的那条腿根本没有影响到他。

　　"我们在佩皮卡那儿过得多么开心，吃了顿多么可口的晚餐啊！"他说，"一点儿不错吧，比尔？"

　　"一点儿都没错。"比尔说。

　　"比尔坚持得如何啦？"

　　"我的比尔是一匹骏马。"我说。

　　那真是一场顽强的搏斗。在那个风雨交加的日子里，路易斯·米格尔和安东尼奥的表演都精彩极了。安东尼奥·别恩维尼达是一位资深的斗牛士。他神情振作，做了不少优美的挥舞披风的动作，同时还露出了他那种说不上欢快的微笑。那种笑容看来很是奇怪，似乎总有两个很拘谨的动作：先咬紧牙齿，然后咧开嘴唇，再露出牙齿。伴他表演的牛全是塞普尔维达·德耶尔特斯牛，它们个个都不好对付，而他斗这些牛的成功之处在于——使它们看起来更不好应付。

路易斯·米格尔抽中了最棒的两头牛。他跟这两头牛斗得好极了。在贝罗尼卡动作上，他知道自己无法跟安东尼奥相匹敌，不过他尽力发挥出了自己最理想的水平。当他把披风舞到背后，表演那优美的墨西哥高纳式闪避动作时，他显得十分完美。他以自己最出色的方式在每一头牛身上插了三副倒钩短标枪，而他挥舞穆莱塔的动作更是敏捷而优美，并且和牛贴得非常近，使人感到在那种绝妙的安全范围内，发生悲剧就近在咫尺。他第一头牛宰杀得相当利索，最后一头牛也杀得完美无瑕，最后他得到了两只牛耳和牛尾。观众对他狂热地呼喊，他确实值得那样热烈的赞赏。

安东尼奥用美妙的挥舞披风的动作把冲向别恩维尼达的第一头牛引开时，就赢得了观众的喝彩。那是一头除非你引它冲过，否则决不肯冲过的牛，可他却使那头牛看上去就像没有那种毛病似的。

在安东尼奥开始斗自己的第一头牛，也是整场斗牛中的第三头牛时，突然下起雨来，而且下得很大很猛。那头牛一开始情形还不错，安东尼奥把自己应付它的节奏调节得恰到好处。他始终朝着牛迎上去，以精巧、恰当的徐缓动作把那件被雨水淋湿了的沉重的披风在冲刺的牛的前面来回摆动。这时候场地已经被雨淋透了，牛的行动也开始缓慢下来。那头牛本来就不是十分凶猛，在倾盆的大雨下，它的怒气和向前冲刺的意愿更是减退了不少。安东尼奥用穆莱塔把牛挑衅得又愤怒起来，并重新控制住了牛。

然而，那头牛只肯像上几次一样从右首做很神气的冲刺，安东尼奥知道在这样的大雨中已经没有继续斗下去的必要，于是，他让牛站到了合适的位置，迅捷地刺杀了它。

第四头牛出场时，雨停下来了。之前路易斯·米格尔的表演大获成功，观众一直沉浸在前一头牛所带来的兴奋中。谈论声所带来的沙沙的骚动还没有平息下去，突然门打开了，一头牛直冲进场地。

我注视着那头牛。同时，我发现，安东尼奥也在若有所思地注视着这头牛。他的哥哥胡安把披风在地上一拖，吸引了牛的注意力，牛立刻跟随着他过去了。我很清楚我并不喜欢这个人，但我也不知道因为什么原因不喜欢他。在他做了三个动作之后，安东尼奥才弄清他的用意，明白他想要干什么。安东尼奥走过去迎来了那头牛，在向牛靠近时，他诱引牛向前冲刺，每一回他都使牛对它稍微逼近一点儿，同时用披风衡量着牛的速度。等到牛慢慢变得胆大一些的时候，他便控制住牛，使牛的行动变得和谐而跟上他的节奏，同时随着每一次闪避动作，让牛角跟他越贴越近，直到使牛到了要冲刺的地方，便让牛转身朝自己冲来。当牛冲向长矛手时，它的弱点变得很明显，随便谁都可以看出来。米格尔有幸抽中了两头好牛，他的表演真是出色极了。前一天安东尼奥抽中的是两头更好的牛，表演得更是出神入化。只要有好牛配合，这两个人总可以表现得异常出色。他们两人水平相当，那样的表演对他们而言并不算什么。但是此刻，安东尼奥面对的这头牛却显得迟疑不决，一直不肯朝前冲。他必须得在一片它冲刺起来极端危险的场地上撩拨它，再凭红布的挥动完全控制住它，从而使它不会突然一下停住，用牛角去抵人。

安东尼奥迎上去，顺着牛的来势把牛接过手。如果他必须从很危险的地方着手，那么他就会像这样开始，不过他是胸有成竹的，并非盲目而行。他要深入牛所在的场地，以柔和而徐缓地速度挥动穆莱塔来控制住牛，那是一种使牛的目光专注且无法离开穆莱塔的速度。如果他必须保持自己的时间安排和绝对巴赫[①]式的纯粹风格，用这种不够完善的方式来超过路易斯·米格尔，那么这一点他会做到的。万一他被戳杀了，那对他而言也压根儿算不了什么。他就是这么做的，操纵着牛，指引着牛，最终使牛习惯并一步步开始合作。观众开始骚动起来，发出各种各样的议论声，接下来，随着每一次美妙得令人难以置信的闪避动作，观众又发出一阵阵的喝彩声。安东尼奥按着音乐节拍做着动作，一切动作如同数学一样单纯，又像爱情一样温暖、刺激和振奋人心。我知道他很爱牛，还让人觉得他简直像一位科学家一样知道牛、了解牛。他和这样的一头牛周旋，演绎着令人无法想象的精彩回合。为了能体面地摆脱掉这样一头牛，我曾见过其他斗牛士们想尽办法。安东尼奥必须胜过路易斯·米格尔，而这头牛就是他用来胜出的筹码，他确实也做到了。

最后，开始宰杀牛了，他十分利落地把短刀刺进去，前两次刺中了骨头，最后一次把剑一直深刺到红色剑柄护手盘那儿。观众要求给他两只牛耳，可是他两次都把剑刺到了骨头上，他得到了一只牛耳。

观众们把他两人高高举在肩头上扛出了斗牛场。这就是巴塞罗那！

回到旅馆楼上后，安东尼奥觉得很疲惫，这主要是因为他被观众扛在肩上游走的缘故，倒不是由于那场斗牛表演。他躺在床上，盖着被单，脸上露出一丝淡淡的快乐的微笑。

---

① 巴赫（Johann Sebastian Bach. 1685—1750）：德国著名的作曲家、管风琴家。

"Contento?①" 他问。

"Muy contento!②"

"我也一样，"他说，"你看见当时的情形了吗？你看见他所做的一切了吗？"

"我想是的。"我说。

"那咱们到弗拉加去吃饭，如何？"

"好的。"

"路上可要当心。"

"那么在弗拉加再见。"我说。

路易斯·米格尔下榻在另一家旅馆里，可是我们的旅馆外密密麻麻聚集了很多群众，以致我们无法挤出去祝贺他。狂热的人们堵塞住了两家旅馆的入口，再一次重现了从前那种伟大日子的情形。

迎着回程的大量车流，我们终于驶出了城区。路上的人们大都是趁着星期日和圣彼得节日这个双重假日去乡野度假的。我们开车行驶在那条黑暗、潮湿的路上，迎着对面而来的耀眼车灯亮光，穿过加泰罗尼亚，进入到阿拉贡境内。安东尼奥的一路人马也在弗拉加赶上了我们。弗拉加是一个可爱的老市镇，因为地势很高，整座城市仿佛悬在河上，凭这一点就值得去参观一下。可是，在镇上我们只看到一条被雨淋湿了的街道和一家货车司机可以停下来休息的大酒吧间。酒吧楼上的餐厅此刻已经关门了，所供应的酒也不是很好。我们从一辆货车上弄到一夸脱③上等的直布罗陀威士忌，为了在夜晚防寒御潮，大家一直喝的都是威士忌兑矿泉水。我们每人喝了两杯，之后，旅馆里为我们送来了一些

---

① 西班牙语，意思是满意吗？
② 西班牙语，意思是很满意。
③ 液体计量单位。一英制夸脱等于 1.136 升。

相当不错的里脊肉，并煮了些鸡蛋，还端来了一碗汤。

安东尼奥看起来有点儿累，不过很开心。他不喜欢被人们扛在肩上，因为那会使他的伤口再次裂开。我们快速而愉快地吃了这一餐，就像赢得一场大比赛的运动队伍，即便是胜利了，却都知道第二天还得继续比。我们商量在哪里歇脚，大伙儿全都同意地点定在布哈拉洛斯的猎人小屋。"需要我帮你把伤口包扎起来吗？"我问安东尼奥。

"不用，没什么大不了的。米格利略已经用胶布把它牢牢封住了。你明天可以瞧瞧。"

"好吧，好好睡一觉。"

"我会的。从这儿往前，路况都很好。你感觉怎么样？"

"和你一样，很好。"

他咧开嘴笑了："叫比尔睡觉吧，就算他是一头大马，你也得把你的马照料好。"

"我们给他些燕麦吃就行。"

"记得让他睡觉，"他说，"你也一样，布尔戈斯见。"

穿过萨拉戈萨，我们驶入一片平坦的乡野，天气开始变得晴朗起来，但左侧伊比利亚山脉上还缭绕着云雾。汽车沿着大道飞速行驶，右侧的埃布罗河以及它崎岖的白色山地很快就被我们甩在身后。

过了洛格罗尼奥，我们沿着纳瓦拉的边缘行驶，穿过里奥哈葡萄酒①之乡，然后穿过德曼达达山脉山麓的丘陵地区，再往上攀行。越过石楠丛生的荒地和矮栎树林，我们从最高点向下俯望古老的卡斯蒂列高原和那条通往布尔戈斯的两旁种着白杨的遥远大道。

---

① 里奥哈葡萄酒（Rioja）：西班牙北部地区生产的一种气味芬芳的红葡萄酒。

　　进入布尔戈斯的第一眼总会令人震惊。你似乎刚刚看到大教堂的灰色塔楼，接着突然一下，你就已经进入了教堂。我们到那儿是看斗牛的，所以我只感受了教堂的沉重石头和它的历史给予我的影响。比尔走出去，在拥挤的街道上找了个停车的地方。我则上楼去寻找斗牛的班子。

　　在旅馆外面，我看到了短标枪手霍尼、费雷尔和胡安等几个人。费雷尔和胡安刚从抽签选牛会上回来，据说牛看上去还不错。他们都认为自己抽中了最好的一对，大伙儿都很满意，只是感到有些劳累。整个斗牛班子从巴塞罗那赶来，确实经历了一次真正艰苦的旅行，不过大家精神却很昂扬。毕竟他们受雇就是为了来吃苦的。这四天的巡回旅行，不过是为八九月间的忙碌先做一次预演而已。

　　安东尼奥状态很不错。不管是在汽车上还是在旅馆里全都睡得很好。

　　虽然那几头科巴莱达牛都不好应付，而且还很危险，但那仍是一场很精彩的斗牛表演。有一头牛，安东尼奥只能从右侧去撩拨，因为它的左角一直像一柄镰刀那样追砍着斗牛士，所以安东尼奥只能用右手很优美地逗引它，接着十分干脆地把它杀了。

　　他的第二头牛也不好对付，不过他按照前一天在巴塞罗那的那种方式改造了这头牛。他一如既往地舞动着披风，表演了一个传统又美妙的斗牛回合，然后利索地一下把牛杀了。他把剑高高举起，最后得到了两只牛耳。他的演出完美得不能再完美了，自始至终他几乎就没让牛的不好应付显露出来一点点。

　　这场斗牛之后，我们驱车前往马德里，在卡列洪吃了一顿较迟的晚餐。比尔依然没有允许人替换，自己开车驶完了全程。我们想计算一下所越过的山脉的数目，并且估算走过的里程，最后不得不放弃了。这其实并不重要，重要的是我们确实走过。

7月2日晚上，安妮和玛丽就从马拉加赶过来了。她们这是做给我们瞧的，她们在一天内也能驶完全程。我们又回到了文明的边缘，过了两天家居生活，然后动身经由布尔戈斯前往潘普洛纳。在布尔戈斯，我们稍作停留，看了米乌拉斯表演的一场斗牛。那些牛可以说是这个斗牛季中，我们所见到的最优秀、最出色的牛，其中有一头，是我多年所见过的最英俊、最完美的一头。它做了它能做的一切，只差在最终倒下时帮助短剑手把短剑刺进自己身上去。我们在维多利亚停下过了一夜，接着继续往前驶往潘普洛纳，去参加圣费尔明的集市日。

第九章

潘普洛纳不是一个适合带太太去的地方。在那里，她可能会患病，或者受伤，至少会被人撞倒或被酒当头泼下，再不然你干脆就会失去她，或许三者你都会遇上，这些可能性全都存在。如果说要是有谁能在潘普洛纳过得平安无事，那就是卡门和安东尼奥。不过安东尼奥这次没有把她带来，这是一个男人的周日，女人到来就会引起麻烦，当然她们不是存心地，可是她们几乎总引起麻烦，至少是碰上麻烦。我过去专门写过一部书谈论这件事。当然，要是她会说西班牙语，知道人家不过是跟她开开玩笑，而不是侮辱她；要是她能整日整夜喝酒狂欢，愿意跟邀请她的任何一群人跳舞；要是她不在乎人家把东西泼在她身上；要是她喜欢连续不断的喧哗和音乐，还爱好鞭炮，特别是那些落在她身边，甚至烧到她衣服的鞭炮；要是她认为为了玩笑、为了放肆险些被牛角挑刺死是正合情理的事；要是她遭到雨淋却不会伤风感冒，还欣赏尘土；要是她喜欢杂乱而无规律的进餐，根本不需要睡眠休息，没有自来水却还能保持得很干净，那么你就带她来。但你很可能会丢失她，让一个比你更迷人的男人把她夺去。

潘普洛纳一向很狂野，镇上挤满了旅游观光者和各地来的名流，还有纳瓦拉最优秀的精英分子。有那么一个星期，在纳瓦拉战鼓的敲打、古老曲调的演奏、舞蹈人员的旋转与跳跃中，我们平均每夜只睡三个小时。如同我以前写过的潘普洛纳的那些情况一样，而且这个情形是永久性的，是一贯的，似乎一直全都在那儿，只不过现在再加上四万名游客而已。四十年前，我第一次上那儿去时，游客还不到二十个人。而现在，他们说某些日子里镇上的游客达到了将近十万人。

七月五日，安东尼奥将在图卢兹①有一场表演，但是他直至七日才出现在第一次赶牛进场的活动中。他原本计划在潘普洛纳表演，可是这一季节开始时，他改变了原先的部署跟着多明吉弟兄，从而搞乱了计划。他钟爱这个节目，要求我们跟他一块儿加入，我们也确实随着他参加了五天五夜。七月十二日，他不得不到圣玛丽亚港②去，跟路易斯·米格尔和蒙德诺一起用贝尼特斯·库布雷拉的牛表演。两人同场演出时，米格尔取得了胜利，这是全年中他唯一胜过安东尼奥的一次。

后来，我问了他具体的情况。他说路易斯·米格尔抽到了一头更好的牛，而他也没有达到整个斗牛季节在每场表演所保持的那种最佳的状态。

"在潘普洛纳我们确实也没有进行什么训练。"我说。

"或许吧，而且恰恰没有进行我们该进行的那些训练。"他表示同意。

我们预料中也没有包括他在晨跑中被一头巴勃罗·罗梅罗的牛抵到。他右小腿被牛角抵伤，在经过简单包扎并打了破伤风预防针后，就毫不在意了，而且还通宵跳舞，以致没能让伤口绷紧。第二天早上他又去晨跑，还向他在潘普洛纳的朋友们表示，他并不会因为不喜欢那些牛，就拒绝这几场表演。他始终没有在意伤口，也没有去找斗牛场的医生仔细看看，因为他不想有人以为他重视这个伤口，更不想让卡门担忧。直到后来，我注意到他的伤口开始化脓，才请从森瓦利③来的我们的一位医生朋友乔

---

① 图卢兹（Toulouse）：位于法国南部加龙河上的城市。
② 圣玛丽亚港（Puerto de Santa Maria）：西班牙境内加的斯湾的海港，位于加的斯湾东北五英里。
③ 森瓦利（Sun Valley）：美国爱达荷州境内的避暑胜地。

治·萨维尔重新帮他清洗了伤口，并仔细地包扎起来以保持伤口的清洁。然而直到安东尼奥出发到圣玛丽亚港去斗牛时，那伤口还没有完全愈合。

后来，我从圣玛丽亚港的朋友们那儿得知，路易斯·米格尔抽中了两头很不错的牛，而且和它们斗得十分顺意，还用了所有的花招，甚至包括亲亲一头牛的脸。安东尼奥却没那么幸运，他抽中两头极糟糕的牛，第二头还很凶险。他在宰杀第一头牛时并不十分顺利，但是第二头凶险的牛，他却杀得十分利落，而且尽可能从它那儿赢得了圆满，最终获得了一只牛耳。不过那一天的胜利者，始终是路易斯·米格尔。

我一直停留在潘普洛纳，因为我们在伊拉蒂河游泳时，玛丽不小心在石头上摔了一跤，划破了一个脚趾，疼痛得几乎不能走路。她只有拄着一根拐杖，才能勉强痛苦而艰难地行走。也许，在那个节日我们确实有点儿太放纵了。第一晚，安东尼奥和我都注意到了一辆样子很时髦的法国小轿车，车上坐着一个很漂亮的姑娘，旁边坐着的一个法国人。安东尼奥见到后，便跑到车跟前，示意车子停下，佩培·多明吉则站在一旁。等车上的人下来之后，我们告诉那个法国人他可以离开了，但那位姑娘是我们的"俘虏"了。我们还要求把那辆车子留下，因为我们缺少交通工具。那个法国人很和蔼地告诉我们，那姑娘是美国人，自己只是负责护送她到她朋友的住处去，而她的朋友此刻正等候着她。

比尔熟悉潘普洛纳所有的街道，很快便找到了那姑娘的朋友，她长得比我们的这个"俘虏"还要标致。安东尼奥知道老城区有一处地方很有趣，便要领我们上那儿去唱歌、跳舞。我们一群人在老城区悬挂着旗帜的黑暗小巷子里一直朝前步入黑夜中。狂欢完毕，我们假释了我们的"俘虏"。清晨，当第一批鼓手和舞者盛装前往广场时，我们的"俘虏"也打扮得十分清新整洁地来到了乔科酒吧间，在那个月底的周日里，她们一直都是那么规规矩矩、忠实可爱。

押着这样两名标致的"俘虏"出现在已婚的人群中，往往会受到人家的侧目，但是这两名"俘虏"如此可爱，如此善良，又能很快地适应环境，在被俘期间一直保持愉快甜美的微笑，以致没有一位妻子不夸赞她们。就连七月二十一日，卡门和我在"领事馆"内共同举行的生日宴会，卡门与她们相见时，也对她们赞不绝口。

为了逃避这个节日的喧嚣，摆脱那种使得我们一群人中几个德高望重的人精神紧张的噪声，我们想出了一个办法，那就是舞会前便离开这儿，驾车到奥伊斯的伊拉蒂河上游去，在那儿还可以进行野餐或游泳，然后再及时驾车回来观看斗牛。于是，我们每天都沿那条盛产鲑鱼的可爱小溪向上驶行，甚至深入到伊拉蒂的那一大片原始森林中。那片森林，似乎从德鲁伊特时代起就没有发生过改变。我曾经以为它会被砍伐，被破坏，但它仍旧保留下来。那是最后一片中世纪大森林，到处是参天的山毛榉和有几百年历史的铺地苔藓。躺在那片苔藓上面，你会觉得比躺在世界上任何东西上都柔软、舒适。每天，我们走得越远越深入，回来观看斗牛也就越来越晚。终于，我们放弃了去看最后那场见习斗牛①的机会，准备深入一处我不打算细说的地方，因为我们还想能再回到那儿去，并且不想看到有五十辆汽车或更多的吉普车已经发现了它。通过那条森林大路，我们可以到达我在《太阳照常升起》中所写到的、我们不得不步行或侧身钻入的所有那些地方，尽管你还是需要从伊拉蒂河步行，攀登到龙塞斯瓦列斯山

---

① 原文为 novillada，是西班牙文，指使用四岁以下、五岁以上或者牛角有缺陷或者视力不佳的牛，通常用于见习斗牛士的表演。

口①去。

当我发觉那片乡野没有遭到发现和破坏，我还能享有它，并且能跟那年七月齐聚的人们共同享有它时，我的心里感到前所未有的欢乐。潘普洛纳的拥挤和现代化发展所造成的状况，都与我毫不相干了。我们在潘普洛纳有一些过去的秘密去处，比如马塞利安诺餐厅。从前，我们上午将牛赶进场后，总去那儿吃喝、唱歌。餐厅的木桌子和楼梯总是擦洗得像游艇上的柚木甲板一样洁净，只不过餐桌上有时会不失体面地印有一些酒渍。那里的酒还和我二十一岁时一样好喝，菜肴也如过去一样的美味可口。餐厅里奏着当年的歌曲，偶尔也有些快节奏的新歌谣，突然一下盖过了鼓声和管乐声。从前的那些年轻的脸，如今全变得和我的一样苍老，不过大伙儿都没忘记我们当年的情形。我们的眼睛并没有变化，而且谁也没有发胖。这么多年，不论经历了什么，没有一张嘴满怀着抱怨。嘴角边的那些沉痛的纹路，是最初战败了的痕迹，并不是因为遭到挫折。

过去，年轻的我们总在乔科酒吧间里度过。那家酒吧位于胡安尼托·金特那一所旅馆外面拱顶的走廊下面。就在那家酒吧间里，一位年轻的美国新闻记者曾经告诉我，他多么希望三十年前能跟我们一块儿待在潘普洛纳，因为"那时候你们经常深入乡野，了解当地的人民，那时候你们熟悉西班牙人，关注他们和他们的国家，也关心写作，而不是浪费时间坐在酒吧间里，互相吹捧，或者一边对奉承你的人说一些嘲弄的俏皮话，一边在纪念册上签签名"。他还说了好多话，它们全被他写在了一封信里，因为我责怪他不去从一位倒卖票证的老朋友手里把我替他买的一些票拿去，那位朋友所有的周日都在工作。这位记者二十二三岁，

① 龙塞斯瓦列斯山口：是西班牙北部比利牛斯山区中的村镇。

他并不知道这片乡野一直就在那儿，人们都可以看到它。在他想让我把潘普洛纳的情况说清楚前，他年轻、漂亮的脸上，嘴唇的四周，已经露出了清晰的怨艾纹路。

"你干吗在这个无足轻重的人身上浪费时间？"霍奇说。"他可不是一个无足轻重的人，"我说，"他是《读者文摘》未来的编辑。"

潘普洛纳代表一段很快乐的时期。之后，安东尼奥到法国的蒙德马松①演出了两次。他在那儿的表演美妙极了，不过那些牛角是修过的，所以他从没有跟我提起过那些演出。在最后一次斗牛结束后，他乘飞机南下飞到马拉加，参加玛丽专门为卡门和我组织的那场生日宴会。那是一场相当隆重的宴会。假若玛丽没有把那场宴会办得那样盛大，那么令人愉快，我可能从来都不会意识到我已经六十岁了。因为那场宴会，我对六十岁有了很深刻的印象。

自从阿兰胡埃斯的那次严重负伤后，安东尼奥已经能够扔去拐杖，开始慢慢恢复训练，我们也变得日益轻松快乐（按这个词的最好意义来说）。我们曾经聊起过死亡，却没有对死亡感到恐惧。我曾经对安东尼奥谈过我对死亡的认知，而那些想法显然是毫无价值的，因为我们都对死亡毫不知情。我那时毫不尊重死亡，有时候还把这种不尊重传给他人，不过眼下我并不再应付死亡。安东尼奥每天至少有两次会把自己搞得非常疲惫，有时甚至一周中天天如此。他用远距离的跑步来达到这一目的。每天，他故意把自己引向危险的境地，并且通过他斗牛的方式，把那种危险扩大到正常可以容忍的限度。不过那样的表演，他也只能在神经毫不紧张、心中毫无烦恼时才能做到。因为他那并无多少花招的斗牛方式，取决于明白这种危险，并通过使自己适应牛冲刺速度的方法来控制住这种危险；如果这一点做不到，他就只能靠自

---

① 蒙德马松（Mont－de－Marsan）：法国朗德省省会。

己的手腕控制住牛，而手腕则是靠他的肌肉、神经、反应能力、眼睛、知识、本能和勇气来支配。

如果他的反应出了什么差错，那么他就不能继续那样斗下去。如果他的勇气哪怕有短短一瞬间支撑不住，那个魔法就会被打破，他就很有可能被牛挑起，或是被牛角抵伤。此外，他还必须控制住自己的肠胃气，因为，那极有可能会导致他暴露在牛的冲刺下，随时随地、无法预测地使他送了命。

所有这一切他全部清楚而透彻地知道。我们要考虑的问题是，把他必须想到这一切的时间缩短到最小限度，使他在步入斗牛场前有所准备，可以完全应付这一切。这是我们每天都必须要面对的安东尼奥和死亡的定期约会。任何人都可以面对死亡，可是当你做着某种经典动作，把死亡尽可能贴近地带到面前，而且一遍一遍又一遍地冲刺，最后亲手用刀宰杀一头你心爱的半吨重的牲口时，这比单纯面对死亡要复杂残酷得多。这就好比作为一个创造性艺术家，每天都要进行演出，同时身为一个熟练的杀手，又必须完成自己的职责。安东尼奥不得不一面很利落、很仁慈地宰杀牛，一面每天至少两次侧身从牛角边掠过时，又给牛充分的时机来挑剌他。

在斗牛场内，每个人在斗牛中总会帮助其他人。尽管这项活动本身存在着必然的竞争与怨恨，但同时也存在着兄弟般的亲密关系。只有斗牛士才会明白自己所冒的风险，以及牛用牛角对他们的身体可能做出什么样的事来。没有真正斗牛才能的人，也可以每天晚上陪牛睡觉。但是在斗牛之前，没人能帮助一个斗牛士，因此我们设法把这个极端焦虑的时刻压制下来。我比较喜欢极度痛苦这个词，有节制的痛苦便不用焦虑。

等所有前来祝愿的人们和追随者都离开后，安东尼奥习惯在斗牛前最后一刻，在房内做一次祈祷。如果斗牛场上有足够的时间，差不多所有的人都会在入场式前静静走进小教堂去做一次祷告。安东尼奥知道我是为他祈祷，我从来不为自己祈祷，我不用参加演出，而我在西班牙内战时期就早已不为自己祈祷了，当时我看到别人所遭受的罪后，我觉得为自己祈祷是一件自私自利的事。为了避免我的祈祷不灵，同时也为了确定有一个足以胜任的人在这么做，我专门在新奥尔良①耶稣会神学院基金联合会中，替卡门和安东尼奥领取了会员证。当时有一班学生正要毕业，而一旦等他们担负起圣职，他们就会每天为卡门和安东尼奥祈祷。

因此，我们把想到死亡的时间压缩到最低限度，我们在演出和进入斗牛场前的所有时间里，一直都是轻松愉快的，即使在潘普洛纳也毫无压力。当我们这队人回到"领事馆"后，玛丽从一个旅行游艺团租借来了一座射击棚，并找人在园子里搭建布置了一番。

1956年，那个意大利汽车司机马里奥在一阵大风中，手里夹着好几支香烟，让我用一柄2.2厘米口径的来复枪一下把点燃的烟头全部打掉。当时，安东尼奥非常震惊。一次宴会上，安东尼奥嘴里叼着好几支香烟，要我开枪只把烟灰打掉。他把香烟一口口地吸进去再一口口地呼出烟来，看看他能把香烟吸到多短，我用射击场的小步枪一连射击了七次。

最后，他说："欧内斯特，我们已经做到极限啦。最后一次险些擦过我的嘴唇。"

我在仍旧保持领先时率先退出，拒绝朝乔治·萨比埃斯射击，因为他是整个屋子里仅有的医生。三天以后，我们沿着海岸向前驶行，到了巴伦西亚，准备观看那个集市日的第一场斗牛表演。

---

① 新奥尔良（New Orleans）：美国路易斯安那州境内的海港城市。

第十章

　　巴伦西亚的天气非常炎热，所有的旅馆全都客满为患。尽管在阿利坎特我们就对预定的房间曾经进一步确定过，可皇家大饭店还是没有剩余的房间了。幸好，我们在华美、古老而凉爽的维多利亚旅馆找到了房间。我们把全部行李安顿好，同时把集合地定在皇家大饭店有空调的大酒吧间里。这样的暑热对女士们来说十分残酷，我们便教她们几种步行穿过市区并利用街道的狭窄和楼房的高度来遮阳的办法。

　　第一场斗牛可以说是一场不算太让人伤心的灾难。那几头巴勃罗·罗梅罗牛虽然如往常一样身躯庞大，看起来很神气，腿脚却大多不太扎实，没几个回合就垮了下来。安东尼奥·别恩维尼达对他的第一头牛简直一筹莫展，那是一头只会跑跑小碎步的牛，一直处于守势。别恩维尼达也采取防御姿态，结果他们就互相展开防御战，直到他在防守中一刀刺中了牛，那牛很快便被拖出了场地。我希望为了我的生日专门在这个周日飞到西班牙来的巴克·拉纳姆将军不会认为这就是斗牛了，因为他的脸上一直保持着漠然而不置可否的神情。

　　路易斯·米格尔的第一场对手很快冲出来，它看起来很英勇、强悍。斗牛士靠近围墙，两膝跪在沙土地上，运用三副倒钩短标枪，外加一个挥舞披风的大动作完全征服了这头牛。其中有两副标枪插得十分利落，倒钩短标枪通常是最容易博得观众赞赏的。路易斯·米格尔无论做起什么动作来总仿佛在一步一步做演示，你可以看到他的脚那么有节奏、有计划地把这场斗争规划得完美无瑕。在他挥舞着穆莱塔时，牛因为浑身发热和身体过重而气喘吁吁地；再经过几个回合的冲刺，它就跑得上气不接下气陷入了守势，接着就迟钝起来。路易斯·米格尔娴熟地把半个剑身刺进去，利索地解决了它。

在斗第三头牛时，海梅·奥斯托斯表现得很是镇定勇敢。这头牛非常呆傻，一点儿也没有好斗的脾气，它只想用右角来试探人的动向，这使它的另外一边变得十分危险。海梅用左手从它那儿得到了他可以获得的一切，然后又拿剑戳了它两次，可运气似乎都不太好。不过，最后他还是比较利落地把牛杀了。

路易斯·米格尔第二场的对手是一头真正绝妙的牛，他几乎对它做遍了所有斗牛的招式，那是他在阿尔赫西拉斯处在巅峰状态时，我们看见他做过的最完美的招式。而这次，他在这头牛身上又达到了他那时的最高峰。此次他在风格表现方面堪称史无前例的完美。在他开始舞动穆莱塔时，没想到那头牛的一只蹄子坏掉了，不过庆幸的是，它并没有因此变瘸。路易斯·米格尔仍然引领着它进行了五个长系列的闪避动作，每一次动作，观众中都会爆出一阵喝彩。在音乐的伴奏下，他完成了后半部的表演，这一半和前一半一样激动人心。随后，他用出了所有的花招，最终干净利落、充满激情把牛杀了，一切那么自然，根本不需要什么刻意的表现。

他做得那么完美，他的胜利是绝对的。之后，他绕着斗牛场连续巡回了两圈，他紧抿着嘴，带着微笑，可是这种微笑似乎带着点儿淡淡的哀伤。他并不是一个傲慢自大的人，可当他把那两只牛耳高举着向观众示意，并由他跟在身后的斗牛班子把雪茄烟留下，把妇女扔下来的手提包、鞋、鲜花、酒袋和草帽等扔回去时，他似乎若有所思。在斗牛场向阳的一面，留有一大片空位子，许多乡民们穿着黑色长罩衫、戴着尘蒙蒙的遮阳帽，并没有进场坐在那儿。我对此也感到疑惑，不知米格尔一脸沮丧的神色，是不是因为介意这种情况，再不然他心中是否也在琢磨，等到了他和安东尼奥一起表演的那天，到了最为关键的时刻，他还可以比这次再多做点儿什么。

第二天，安东尼奥·奥托尼斯、库罗·希龙和海梅·奥斯托斯一块儿出场，向阳那面的空位子留得更多了，整个斗牛场，观众只坐了一半稍微多点儿。天气仍和前一天一样酷热，还有一股热情的熏风从非洲刮过来。安东尼奥一进场到了沙土地上之后，他就不介意也不去想场上只坐了一半观众的事。他进场后，扫视了一下全场，然后就把这一切完全抛开了。从他开始斗牛以来，其他人一直在赚钱，这并不是什么坏事，他也非常需要钱，并且明知从事这种职业多么艰苦，多么不容易维持，并且为了他和卡门的那个简单而体面的计划，他们又多么需要金钱。

这场斗牛表演中，只有两头好牛。安东尼奥的第一头牛是一头毫无价值的牛。他的第二头牛出场时，我们全都从红色木板围墙里注视着。这头牛很精神，冲刺得也很快，牛角十分锋利，浑身上下看起来都很健全。在胡安拖曳着披风吸引它时，它动作很矫健，费雷尔从另一边试探它时，它也显得很灵敏。安东尼奥提着披风跑了出去，对费雷尔说了声："退下。"他预备独自应付这头牛。他使用手段撩拨它，等牛上前冲过来时，他放低身体迎向它，做出了那个悠长的、徐缓的、缠绵不断的躲闪动作，此时此刻，就像空气中流动着只有他和牛可以听闻的一种深沉的乐声那样。六年前，在潘普洛纳，我第一次观赏到他斗牛，他挥舞披风的动作简直可以使我心碎。今天，他的表现更史无前例地征服了我。前一天，他还在观看路易斯·米格尔的表演；今天，他就让观众、他本人及其他所有人和历史全都看到，米格尔一定要使出点儿什么绝招来才能击败他这样一个对手。

他在仅仅用一柄长矛使这头牛完全没有受到损伤的情况下，改用了倒钩短标枪，并且仔细观察着霍尼和费雷尔如何把标枪刺进去。接着，他拿起剑朝牛走过去。

他开始控制这头牛，他单膝跪在地上用四个很低的躲闪动作使牛低下头来，然后用穆莱塔做出了我从没见到他做过的最出色、最笔直、最优美、最完整的和牛周旋的几个精彩回合。这几个回合包含着他以前曾经表演过的所有美妙的动作，不过今天它的表现更具有江水滚滚奔过一道水坝或一道大瀑布自顶端飞流直下的那种壮观之势。那动作一气呵成，又那么坚定清晰，每一次躲闪都像雕刻出来的一样。观众开始还只是小声议论，后来便像一道湍流那样轰响起来，连铜管乐声也被掩盖下去了。就仿佛他表演了所有了不起的斗牛回合，而且比任何一个回合都精彩绝伦。更令人难以置信的是，这次表演是在一个刮风的日子里。安东尼奥用穆莱塔表演完之后，他四次突入去杀牛，每一次都十分准确地对准了那个高高的死亡凹口，结果却全击中了骨头。最后他又突入了一次，终于把剑刺了进去，并且在剑刺入的同时伏到了牛身上。牛最终在他的猛刺之下毙了命，他得到了一只牛耳。他曾经突入四次去杀牛，而每次突入上前都刺到骨头上，但每次的危险程度都相当于一次宰杀。如果他第一次突入就刺中，谁也说不上来他们将会给他什么样的奖励。

当晚，海滩上举行了一场盛大的宴会。海浪一个接一个地拍打过来，我们都非常快乐。那场斗牛激发起的热情，谁也无法一时让它冷却下去。我们狂热得就像一个快乐的部落完成一次胜利的袭击，或是完成一场大杀戮一样。一罐罐桑格里厄汽酒转眼间就被消灭殆尽。安东尼奥已经驱车前往纳瓦拉的图德拉，为下一天跟路易斯·米格尔和奥斯托斯同场演出做准备。平时，为了安东尼奥能在午夜好好休息，我们总会早早地吃晚饭。今天，我们也不需要像往常那样做，我们又回归到了正常的时间和习惯生活。

同一天，路易斯·米格尔在帕尔玛－德马略尔卡进行了一场表演。我很庆幸他没有去看安东尼奥做出的所有动作，那样会使他烦心的。我虽然很喜欢他，但是就我在巴伦西亚所看到的而言，我肯定在这次进行着的比赛中，他是无法取得胜利的。

情况此刻已经很明显了，从承办人定下的高额票价来看，安东尼奥和路易斯·米格尔两个人必须同时出现，斗牛场上才可能客满。万一两人中随便哪一个有点什么意外，那就会把整篮子金鸡子儿①全都砸碎，可是事情早晚总要发生。以前从没有什么事我会如此肯定，然而这件事，除了我，安东尼奥也好像很有把握。夜深人静的晚上，我想起卡门，不知道她的情况怎样，因为就牵连进这场生死与金钱较量中的全体人员而言，她是最出色、最坦率、最忠诚和最有理性的一个。不过不管结果如何，她最终都不会赢。②

在本赛季巴伦西亚的第四场斗牛表演中，安东尼奥和路易斯·米格尔终于相遇。牛全是由萨穆埃尔·弗洛雷斯提供的。第三位斗牛士名叫格雷戈里奥·桑切斯。那是一个阴云密布的周日，天气十分闷热。那天，场上的票第一次全部售罄。

路易斯·米格尔的第一头牛一出场就犹犹豫豫，而且在冲刺

---

① "金鸡子儿"代表巨大利益，意为毁掉了很大的利益。
② 安东尼奥是卡门的丈夫，路易斯·米格尔是她的哥哥，所以这么说

中猛地一下停住，不停地想转攻为守。米格尔镇定而细致地挑衅它，他把披风披在背上，用了一整套高纳式古老闪避动作想把牛的注意力转移到自己身上，但这头牛总是不停地把突出的鼻吻伸进沙地里去。米格尔挑逗着牛，诱使它抬起嘴来，让它准备好接受利剑。那是一头任何一名斗牛士都难以应付的牛，但是米格尔第二次尝试后便迅捷而利落地把它刺杀了。那可不是观众花钱想看到的场面，但确实也没有什么别的做法可以让他们心满意足。大部分观众都明白这一点，所以仍然鼓掌欢迎。米格尔报着嘴走到场地中央向观众行了一个礼，又紧报着嘴回到了围墙边上。

安东尼奥的牛进场了，他用披风把它引到跟前，做了与先前同样徐缓、笔直、优美、绵长的闪避动作。这是他在整个斗牛赛季中对所有有一定攻势的牛所做的动作，并不是他偶尔一次的表现。他可以对被逼迫向前的每一头牛做传统的舞披风动作，而每一次，他又会设法改进自己的表现，使之挥舞得更贴近、更徐缓。

接着，安东尼奥用穆莱塔做了一个精彩的闪避动作，那动作绝不亚于他在巴伦西亚第一场表演中所做的那个绝妙动作，甚至比那个还要出色，因为这头牛比上次那两头要差很多，他必须得用穆莱塔安抚它，掌握住它。我站在场外全神贯注地观看着他的表演，发现他总是能完全控制住牛，使牛跟随自己的行动，而且还从不让牛角碰到那块布，同时还能一直按着牛的速度恰到好处地摆动它，使牛先转个半圈，再转上半圈，让牛绕着它自身转，接着又使牛绕了整整一大圈。每一次闪避，观众都报以欢呼喝彩。我再回头去观察米格尔对此有什么反应，可他脸上毫无表情。

安东尼奥做了足以媲美上一场的所有优美、传统和高度危险的闪避动作之后，又把它们重复了一遍，而且这一遍更出色了。之后，才把牛杀了。观众给了他长时间的喝彩和赞美，会长把两只牛耳全奖给了他。

路易斯·米格尔想要取得胜利，在第二场时不得不全力以赴。他双膝跪倒，用披风做了一个被称作"拉加坎比亚达"的美妙的、单手挥舞披风的闪避动作，把牛吸引了过去。那个动作非常优美华丽，只是无论在哪方面说都没有用两手握着披风缓缓地挥舞过牛面前那样危险。可是观众爱看那个动作，这倒没什么好说的，而且路易斯·米格尔在那个动作上确实是一个高手。

米格尔在倒钩短标枪的使用上也堪称高手，他插标枪的样子真令人难以置信。那头牛紧挨着围墙在等候他，它的两胁不断起伏着，被长矛刺伤的一侧肩上的伤口正流着鲜血，它的两眼紧紧注视着朝它缓缓走来的米格尔。米格尔张开两只手臂，朝前笔直地持着尖头的标枪，到了理论上该逗引牛、使牛冲刺的地点，他却走了过去；接着又走过了可以把标枪刺进去的安全地点，然后又走过了牛注视着他时可以十拿九稳击中它的地点。这时，牛朝前冲了三步，米格尔假装用身子向左一避，等牛头跟随他过来时，他迅速地把标枪刺向牛头，紧接着转动着它，使它从牛的另一只角旁穿出来。

他在靠木板围墙很近的地方用穆莱塔把牛吸引过去，然后用几个向右旋转的闪避动作晃过了牛。距离如此之近，我几乎能听见他对牛的说话声，能听见牛的喘息声，还有牛在穆莱塔下掠过米格尔胸前时，倒钩短标枪碰撞的"咔嗒咔嗒"声。这头牛只被长矛刺中了一次，不过这一下刺得很深，血流不止。这牛颈部的肌肉很结实，米格尔正在诱使它把头昂得高高的，好使它的肌肉疲劳松弛，这样可以使它低下头来，便于宰杀。但是因为血流得太多，牛慢慢失去了力气。

米格尔应付这头牛一直十分细心，他从围墙边上把它吸引出去，轻盈地闪避开它，可是他还是很快地失去了它。那头牛最终像一张停止转动的留声机唱片那样没有动静了，它不想玩耍了。可米格尔偏要和它玩耍，他用手抚摸牛角，把胳膊倚在牛的前额上，那情形好似在电话中和牛谈天。那头牛当然无法回答，它的血快要流尽了，它不住地喘息，却无法冲刺。米格尔领着它做了几个尝试性的动作，握住它的角帮它集中注意力，然后还亲昵地吻了吻它。此刻，除了提议为他俩举行一场体面的婚礼外，他对这头牛能做的已经全做完了，剩下要做的只有亲手宰了它。在他用倒钩短标枪赢得它的同时，他也失去了它，不过当时并没有表现出来。

这头牛体力殆尽，已经没有冲劲可以帮助米格尔用剑了。假如米格尔此时要跟安东尼奥进行竞争，就必须得费很大劲儿从很高的位置猛地一下把剑刺进去，可他没有做到。他连刺了五次，虽然并没有击在骨头上，就是无法猛地一下刺进去。整个斗牛场出奇地沉默着，观众正注视着一件他们无法理解的事出现在这个斗牛士身上。

我想，是安东尼奥用那件披风和那柄穆莱塔葬送了他，我很为他难过。转念间，我突然想起了他在图德拉遇见的麻烦。他在那儿曾被一只酒瓶击中，也许，那件事在他的潜意识里起了作用，形成了一个攻击障碍，致使他无法用剑完全刺进去，就像一个射手射击前感到畏惧那样。他无法再完美准确地把剑刺进去宰牛了。试了五次之后，牛最终垂下头，它的血也快流尽了。米格尔把穆莱塔展开在沙土上，使牛头垂得更低点儿。最后，他用一柄宰牛剑刺入牛的颈部，结束了这头牛的生命。

　　安东尼奥抽中的的确是一头与之玩不出任何花招来的牛。他向自己证实了这件事，然而这个证实的过程并不好玩，随便换个人都极有可能会被牛角抵伤或是陷入混乱。而最终，安东尼奥很敏捷地把牛杀了。

　　表演结束的那天晚上，我来到安东尼奥楼上的房间里，他刚刚洗完淋浴，正盖着被单躺在床上。他问我："你的看法怎样？"

　　"咱们把它打败了。"我说。

　　"你还满意吗？"

　　"Socio。"我说，这个词的意思是伙伴。为了不流露情感，我们彼此总故意这么称呼。

　　"明天，我安排了一件令人惊喜的事。"他说。

　　"什么事？"

　　"在海边沙滩上举行一场小型野餐会。"

　　"的确令人惊喜，那今晚得早点吃饭睡觉。"

　　那个夏天，人们为了不使自己在斗牛之间的空闲时间里担心发愁，想出了很多消闲的办法。当然并不仅仅通过醉酒，尽管那一罐罐桑格里厄汽酒很爽口，它能在没日没夜地刮着的炎热、干燥的风中，迅速堆起泡沫。大家全都很开心，那场大决战即将到来。我们吃了刚刚从海上捕来的鲜美可口的大箬鳎鱼、"罗赫特"——西班牙人管大马哈鱼这么叫——以及一平锅藏红花菜饭，还有多种海鱼和有壳的贝类。我们的开胃菜是一盘新鲜绿色沙拉，饭后水果我们吃的是甜瓜，那个季节正是甜瓜最好的时候。那天夜晚，在返回的途中，我们看到了以前从没见过的壮观的烟火，先是像大量集中的管乐器的乐声和咚咚的皮鼓声的漫天亮光，接着如同亮晶晶的垂柳在天幕成长，同时伴着隆隆的雷鸣一般的爆炸声，直到如一道北极光瞬间照遍了集市的整条大街。

一切全结束了，在灯光照亮之前，黑暗中又洒落下一大片耀眼的光芒。

巴伦西亚那第一场决战就要来临了，我不知道路易斯·米格尔在此之前做了哪些准备，也不知道那天夜晚他休息得怎样。后来有人告诉我，他那天很晚都没有入睡。虽然人们总喜欢在出了事情之后说上一些闲话，但有一件事我可以确定：他在为这场决战担忧，而我们却没有。我没有去打搅米格尔，也没有去问他什么，因为他现在已经知道，我是安东尼奥阵营里的一员。可我们仍旧是好朋友，而且因为我见过他表演，又仔细观察过他如何对付不同种类的牛，我认为他的确是一位了不起的斗牛士，而安东尼奥则是一位史无前例的更了不起的斗牛士。我知道，如果安东尼奥没有进攻得过猛，倘若他们降低票价，每人都领取同样酬劳的话，他和米格尔都可以赚到不少钱。但如果安东尼奥得到同样的酬金，他就会加快前进，直到米格尔为了做得和他一样，或者为了胜过他而被戳死或身负重伤，以致无法继续演出为止。我知道安东尼奥是冷酷无情的，并且有着跟利己主义毫不相关的、奇怪的、毫不宽容的自尊心。后来还出现许多情况，都表露了他的不为人知的一面。

路易斯·米格尔具有魔鬼般的傲慢和一种绝对的优越感，但对他而言，这种优越感在很多情况下都是正当的。很久以前他曾经说过，他是最优秀的斗牛士，而且这一点他确信不疑。他还深信这种情况会一直延续下去。这并不只是一件他相信的事实，而是他的信念。如今，安东尼奥严重伤害了他的这种自信，更何况安东尼奥是在受了一次致命的抵伤后，等到完全恢复了才回来演出的。不过，使路易斯·米格尔稍有宽慰的是，除了他们同场表演的那一次外，每次总还有一个斗牛士和他们同场演出，所以他们的比较不可能是绝对的。路易斯·米格尔相对而言总会比那第三个人出色。然而现在，他不得不和安东尼奥一对一决战了。按照安东尼奥表演的那种方式，那绝对不是任何其他一个斗牛士容易待的地方，如果你拿的酬金比他还多，那就更不是一个容易待的地方了。安东尼奥演出的时候像一江澎湃泛滥的河水，他一整年，包括前一年一直都是那样演出。

决战的前天，一大清早，我出去绕着这座可爱的老镇市散步，内心思绪万千。我们对于如何度过那一天一直怀着忐忑的心情，结果却很成功。在镇外大概三十英里处，我们寻到了一座舒适、古老、质朴的乡间住宅和猎人小屋，在那里我们度过了那一天。那里有一片茂盛的橘子种植园，就位于大海和阿尔武费拉湖①之间。冬季，那儿还有世界上最为盛大的猎鸭集会。穿过橘林到达海滩后，你会看到一片延伸了五英里的广阔的金松林白沙地，而且一所房子也没有。风依然猛烈地刮着，浪涛汹涌，不断地拍打着海滩。

那天在海滩上，我们度过了一个美好而令人激动的日子。一整天，我们不是在游泳，就是在踢足球，或是在吃东西。我们决定不去观看当天的斗牛，并燃起一堆篝火像举行仪式似的，把门票全部烧掉。我们感觉那样可能会倒霉，于是又干脆踢了一会儿足球，然后又下海游泳。我们向前一直游到离海岸很远的地方，直到薄暮十分，才不得不迎着朝西退向大海的一股强流漂回来。结果大家个个都累得要命，就像身强体健但精疲力竭的野蛮人那样，当晚，我们很早就上床休息了。

安东尼奥睡得很酣畅、香甜，醒来精神看起来也很舒爽，一副得到了充分的休息的样子。我则刚刚去挑选牛回来。那些牛个

---

① 阿尔武费拉湖（the Albufera），地处西班牙巴伦西亚省境内的湖泊。

个英俊威猛，全来自伊格纳西奥·桑切斯和巴尔塔萨·伊班，都有着地地道道的牛角。单单从牛而言，运气可以说是均等的。白天云层密布，夜晚又起了风，在镇外感觉那风尤为强劲，就像一股秋季的暴风，丝毫没有七月的风的特质。

"你身子感觉发僵吗？"我问他。

"一点儿也没有。"

"你两脚也没什么问题吗？"

因为运球和赤脚踢球，我自己的右脚又肿又胀，有些不舒服。

"我的脚没事儿，我觉得很好。天气如何？"

"刮风天，"我说，"风可太大啦。"

"说不定风会停下的。"他像是自言自语，又像是对我说。

直到斗牛开始，风也没有停下。当路易斯·米格尔的第一头牛冲进场时，天空还阴沉沉的，一丝阳光也没有，而且还刮着八级大风，就像暴风雨要来临一样。表演开始之前，我曾经过去看望了路易斯·米格尔，并祝他幸运。他还是一如既往，很友好地微笑着，全身散发着我每次去看他时的那种熟悉的魅力。不过在他和安东尼奥在入场式中向会长敬礼之后，走过斗牛场的沙土地，到了围墙面前时，他就显得分外严肃了。

路易斯·米格尔的第一头牛敏捷而强健地冲了出来。它外形很强壮，个儿也相当大，不过并不是饮食过量，两只牛角看起来很锋利，带着威胁性。它朝马冲过去的时候也很有力，看来似乎是一头好牛。但是等倒钩短标枪一插入后，牛就开始变得虚弱。米格尔设法在围墙的保护下撩拨它，但是牛似乎并不高兴待在那儿。米格尔刚把牛领出去一点儿，穆莱塔就被强劲的风吹成了平面。米格尔熟练地撩拨它，等着它向前冲上一半后，很聪明地控制着它。他利用这头牛做了一些漂亮的闪避动作，最后很干脆地把它杀了。刺入时还比较顺利，不过动作似乎不那么流畅。他身上所具有的技艺此时还没有得到修复，不过他的水平足以支撑上一定时间，让他把这头牛利落地杀掉。

安东尼奥的第一头牛则比米格尔的难以应付。它看起来强悍有力、两角锋利、身体壮实，不过它有些犹豫不决，向前冲到一半就忍不住停下。安东尼奥手执披风迎上前去，开始调教它变成一头出色的牛。他在围墙木板的掩护下，用穆莱塔找到了可以利用的遮蔽，并且通过时常暴露自己的那种方式使牛乐于待在那儿。牛终于又兴奋起来，安东尼奥便控制住牛，不容它的注意力转移或是消失。他使出了一个低低的闪避动作使牛转过身来，然后挥舞穆莱塔，用优美的胸前闪避动作诱使牛角从自己胸前掠过。所有动作一气呵成，总使牛以为能够挑刺到他，并且恰到好处地按着他的节奏运动。无论是动作的舒缓度还是优雅度，都堪称精彩绝伦。接着，他很准确地使牛摆好架势，卷起穆莱塔，瞄准以后，猛地一刀刺进去使牛当即毙命。刀刺入的地方正是之前轻轻划开的那个很高的致命凹口。最后他们给了他一只牛耳，他拿着牛耳绕场一周，赢得了第一回合。

路易斯·米格尔的第二头牛来自巴尔塔萨·伊班的牧场。由于格纳西奥·桑切斯提供的两头牛中有一头牛因为角不好而被退回，这一头便是兽医们选了来代替的。这头牛开始时表现还不错。路易斯·米格尔的披风也挥舞得相当出色。他决心要超过自己的对手，便对牛发起了猛攻。可是到了倒钩短标枪的环节时，观众们希望路易斯·米格尔亲自把标枪插进去，他却拒绝了。这件事我也不能理解，在我看来，在他所有的动作中，这是他做得最为出色的动作。到底是出于傲慢自大，想要在完全属于自己的表演中击败安东尼奥，还是因为他对这头牛已经感到有什么不大对劲的地方（这头牛已经露出疲态），就谁也不知道了，观众表示很失望。

米格尔也许判断得很对，因为那头牛衰弱得非常快，但是在它败相显露之前，米格尔用穆莱塔做了一番极为出色的动作，先是一个优美的向右转身的闪避动作，接下去是一系列纳图拉尔，接着一系列向左旋转的美妙的、低低的闪避动作。鉴于大风造成的难度和牛当时的状况，这是很了不起的。接着，他又耍了几个马诺莱特式小花招，观众的注意力又全被吸引回来了。这时候，他该做的就是把牛杀掉，割下一只牛耳。然而在他打算猛地一下刺进去时，偏偏又碰上了与上次同样的麻烦。足足用剑刺了四次，他才把那头牛杀了。这时候，他已经明显落后安东尼奥很多了。天色变得更黑，风也越来越大。一辆大洒水车开进场来，把沙土弄湿，使它不容易被风扬起。

在这段休整时间里，走廊里几乎没有谁多说话。所有人都为这两位斗牛士和这场大风使他们经受的考验而感到痛苦。

"这对他们两个都太残酷了。"路易斯·米格尔的哥哥多明戈悄悄跟我说。

"情况可能会变得更糟。"

"他们应该先点灯，"另一个哥哥佩培说，"等这场表演结束，估计天就全黑了。"

为了使安东尼奥使用的斗牛披风能在风中更沉重点儿，米格利略正在把它用水弄湿。

"这太残忍啦，"他对我说，"多么无情的风啊。不过他很坚强，他一定能应付得过去。"

我沿着围墙走过去，看到路易斯·米格尔倚在红漆木围墙上。

"我不知道我用剑怎么啦,"他说,"我的剑刺得糟透啦。"他神情显得很淡然,好像是在评论其他人,也许是他迷糊了而已。"还剩下一头。可能,剩下的这一头不会有什么大问题。"

他朝外望着斗牛场,有几位朋友正在跟他谈话,但他并没有在听。而安东尼奥并没有张望什么,他只想着这股大风。我跟他一起倚靠在围墙上,彼此什么话也没说。

休息之后,安东尼奥的牛进场了。这是一只黑色的牛,体格壮实,两角锋利,看来傻呆呆的。这头牛并没有兴致去追披风,安东尼奥把它引领到长矛手萨拉斯的前面,它却朝马直冲过去,但是只要长矛刺痛了它,他就迅速避开。倘若路易斯·米格尔和安东尼奥都被牛抵伤,那么必须一个替补斗牛士出场来把牛杀掉,这时候就该申请把牛引到别的地方去。可牛很快就用角挑刺了替补斗牛士,并把他扔到了场地里。他的裤子被牛角撕扯开,一只鞋也不见了。胡安捡起剩下的那只鞋,扔进了围墙里。最后,安东尼奥用披风搭救了他。

那头牛中了倒钩短标枪后,变得更恶劣了,怎么挑衅也不肯向前冲刺。安东尼奥只好舞动穆莱塔去撩拨它,他想使它转过身来站定,赶快结束了它。风依然很大,穆莱塔被吹拂得像一面风帆那样,他只有单纯依靠手腕的气力这么做。我知道,这些年他的右手一直不大便利,在斗牛前总要用带子包扎住,以免在杀牛时被扭住。此刻,他并没有留意这些,不过在他突刺上前去杀牛时,手稍稍滑了一下,以致剑没能笔直地刺进去。杀完牛后,他走回围墙,站在我身旁,很紧张地板着脸,手腕像一个精疲力竭的投手的胳膊那样垂着。灯光亮了起来,我看到他眼睛里有一种狂热的神色。这是我从未看到过的。他似乎想说什么,但最后什么也没说。

"你想说什么？"我问。

他摇摇头，向外望着骡子正在把死牛拖出去。灯光下，风把刚刮成一道道的沙土又吹得沸沸扬扬。

"欧内斯特，这股风真是可怕。"他用一种强烈、诡异的声音说。在斗牛场内，除了在他发怒的时候外，我还从未曾听见他嗓音改变过。即使他生气的时候，他的嗓音也是低沉的，从来不是高亢的。这次的嗓音也并不高亢，但也不是埋怨的。他想确定一件事。我们两人都知道有些事情就要发生了，但这却是我们不知道结果将产生在谁的身上。米格利略递给他一杯水，他喝了一口，却吐到了沙地上，他毫不顾忌自己的手腕，伸手就去拿那件沉重的披风。灯光下，路易斯·米格尔的最后一头牛直冲进场。这头牛身形高大，牛角锋利，而且奔起来非常快。它上来就追赶一个短标枪手，使他跳过围墙时甚至把防护板①也冲垮了。牛用左角把木板都撞成了碎片，它也想跳过围墙，但是没能做到。等长矛手进场后，牛的气势更凶猛，把马儿也撞倒了。米格尔毫无破绽地舞动着披风，可是风暴露了他的贝罗尼卡动作的短处，使得披风舞过肩头的轻快潇洒的闪避动作无法表演出来。这头牛精神高度紧张，还尝试着控制住自己，用后腿使自己刹住。米格尔不想在这种情况下把倒钩短标枪刺进去。观众却比他斗第二头牛时还要坚持，但是他仍然拒绝了。观众不喜欢他这样，他们出高票价的一个目的，就是看他如何把倒钩短标枪刺进牛的身体。他正在失去他的观众，不过他相信自己能够用穆莱塔使牛的情况好转，最后再通过表演几个精彩的回合，把观众赢回来。他在靠近

---

① 原文为 burladero，西班牙语，指斗牛场内与矮围墙平行或有一些突出的防护板，使斗牛士可以藏在后面，避免牛的冲撞。

围墙木板的地方，选择了一处所能找到的风最小、最好撩拨牛的地点，托着那块沾满泥沙的、湿漉漉的穆莱塔走了过去。他叫人帮他再多洒些水，把那一块红哗叽在沙地上拖曳着，使它更沉重。牛很凶猛地冲过来，他一手握着剑，一手握着穆莱塔，对牛做了两个优美的闪避动作。当米格尔把红布揭起时，牛横着从布的下方直冲过去。他判断自己还没有控制住牛，于是接连做了四个低低的向右旋转的闪避动作把牛引了过去。而后，他把牛从围墙木板避风的地方引诱出来，因为牛在那儿好像明白过来了。米格尔又做了两个右旋闪避动作，牛此时似乎适应得很不错了。接下来，他准备做第三个闪避动作，可一股风把穆莱塔吹起来，暴露了他的身体，牛一下子冲到了红布下面，右角似乎刺进了他的腹部。他飞到了空中，牛的另一只角接着刺中了他的胯部，把他仰面朝天地抛到了场地上。安东尼奥提着披风赶过去，想把牛引开。可是在所有人还来不及赶过去之前，牛趁米格尔还躺在沙地上，对着他又刺了三下。我很清楚地看见牛的右角刺进了他的腹股沟。

安东尼奥终于把牛引开了。米格尔被牛抵上的那一刹那，多明戈就跳过了围墙，此时他已赶到跟前把他拖开。多明戈、佩培和那几个短标枪手抬起米格尔，匆匆举到围墙边上。大伙儿把他抬过围墙，跑出过道，出了看台下的大门，跑过走廊，直奔手术室。我托着他的头，路易斯·米格尔两手捂着伤口，多明戈则用大拇指向下按住伤口，所幸并没有大出血，牛角并没有刺中股动脉。

路易斯·米格尔倒是十分镇定，对所有的人都彬彬有礼。"非常感谢你，欧内斯特。"我托起他头时，他对我说。接着我们帮他脱下衣服，用垫子托起他的头。塔玛米斯医师沿着伤口处把他的裤子剪开，发现伤口只有一处，在右大腿上方的腹股沟，伤口呈圆形，大约有两英寸宽，四周边缘乌青。

"你瞧，马诺洛，"米格尔一只手指着伤口上面的一处地方，对塔玛米斯大夫说，"牛角从这儿扎进去，然后在这儿像这样往上挑。"

说着，他还用手指向我们描述牛角在自己的腹股沟和下腹部挑刺的轨迹，"我当时能够感觉到它刺进去。"

"Muchas gracias！① 别再说话了，"塔玛米斯既严厉又沉重地对他说，"我会查出它刺入的方向的。"

那间医务室简直就是一个密不透风的烤箱，人人都大汗淋漓。到处都站着摄影记者，闪光灯不停地闪动，新闻记者和好奇的人们不断地从门口涌进来。

"马上就要动手术啦，"塔玛米斯说，"把这些人请出去，欧内斯特。"接着，他又小声对我说，"你也要离开。"

米格尔躺在手术台上，神情显得很放松，我告诉他我一会儿就回来。

"那一会儿再见，欧内斯特。"他笑了笑，向我告别。他苍白的脸还出着汗，可他的笑容柔和而充满感情。我看到房门口有两名警察，外边也有两名。

"请他们都出去，谁也不许进来。"我说道，"然后派两个人在门口，让门开着，这样里面好凉快点儿。"

我并没有下达命令的权力，但是这一点他们并不清楚，而他们又在等候命令，于是就向我敬了一个礼，开始着手把手术室里的人全请出去。我慢步走到外边，到了看台下，头上方观众席突然传来一阵喝彩声，我赶快跑向过道的入口。等我到了围墙的边

---

① 西班牙语，意思是谢谢你！

上观看时，安东尼奥正在用从未见过的优雅动作挥动着披风，闪避开一头高大的红牛。

此刻，他已经完全控制了那头牛，而且只用了一柄长矛。那牛跑得很快，身体也很结实，头始终高昂着。安东尼奥需要它跑得再快一点，否则，他无法把倒钩短标枪插进去。那头牛实在很剽悍，可他深信自己能够使牛把头恰到好处地低下来。这时候，他并不在乎风以及其他任何事物。在这个集市日里，他第一次面对一头真正剽悍的牛。这也是最后一头牛，无论如何也不能破坏它。他对这头牛所要做的事情，就是把它终生留在看到它的人们心中。

他要把这头牛献给了胡安·路易斯，我们前天就是在胡安的乡间宅子里度过的。他微笑着把帽子扔向了胡安，接着，便对那头牛做了最伟大的斗牛士所能做的一切，并且做得比任何一个都要好。他以一种先左后右的旋转闪避动作开始，并且两脚站定不动，使闪避动作的线条很纯粹，然后徐缓地舞动穆莱塔使牛高高腾到了空中，使牛角最近距离地掠过他。接下去，他更换为纳图拉尔，低低地、缓慢地、向左旋转着做闪避动作，一次一次地使牛绕着他四周转。对他的每一次闪避动作，观众都报以热烈的喝彩和掌声。

在显示出他可以做得多么徐缓和优美之后，他开始让观众看到，他能够使牛多么贴近、多么危险地冲过去。他简直到了超越理性的地步，似乎是操纵住自己的愤怒在表演。那情形简直妙不可言，但是他还在远远超出不可能的界限，他连续不断地做着其他任何人都做不了的动作，而且让人感到那么轻松，那么快乐。我想让他赶紧把牛杀了，可他正陶醉在自己的世界里，而且这一切都是在他自己挑选的同一处地方做的。每一个闪避动作都和另一个联系在一起，每一系列闪避动作也都和另一系列联系在一起。

最后，他使牛摆好架势，仿佛很不甘心和牛道别似的。他卷起穆莱塔，猛地一剑刺进去。不巧的是，这一剑刺中了骨头，剑在那冲击下弯折了。我很为他的手腕担心，但是他再次使牛站好，收拢起来，又一次猛刺进去。剑一直没到了剑柄。他举起一只手站在旁边，脸上毫无表情地凝视着那头红牛，直到牛翻身倒下，完全断气。

他得到了两只牛耳。等他走到围墙边上来取帽子时，胡安·路易斯用英语对他喊道："你太过分啦。"

"米格尔如何了？"他问我。

正巧刚刚有人从医务室传话过来，说牛角刺伤的地方一直深入腹肌，腹膜也刺裂了，不过并没有伤到肠子。米格尔还没有从麻醉中苏醒过来。

"没什么大碍，"我说，"牛角并没有刺穿肠子，只是他还没有醒过来。"

"我换好衣服，咱们一起去看看他。"他说。这时观众冲进场来，奔向他，要把他抬去游行。他想把观众们推开，可是他们人数太多了，最终他被高高举到了人们肩上。

斗牛场内的那间粉刷得雪白的医务室内放了三张床，里面闷热得犹如塞内加尔①监狱里的牢房。他们打算用担架把米格尔从那儿转移到皇家大饭店有空调的房间去，第二天清早再用飞机送往马德里。等安东尼奥换好衣服后，我们俩立即到斗牛场去看他。

"当我还是一个见习斗牛士时，我们三个就在这儿睡过一

———

① 塞内加尔（Senegal）：西非国家。

夜，"安东尼奥说，"那时它热得就和这会儿没什么区别。"

在斗牛场医务室见到路易斯·米格尔时，他很虚弱、疲倦，不过神志倒清醒。为了不使他劳累，我们没做多久停留。他还就我向警察发号施令的事情开玩笑，多明戈说，当他从麻药下清醒过来时，他说的第一句话是，"只要欧内斯特能写，他就会成为一位人物"。三天后，我们大家则要一起聚到马德里的鲁贝尔疗养院，安东尼奥住在三楼，路易斯·米格尔住在底层。十五天后，他们要在马拉加进行他们的第二次决斗。

第二天清晨，自从潘普洛纳起就一直聚在一起的这群人要分别了。这很令人难过，谁也不想分开。可安东尼奥第二天要在帕尔玛–德马略尔卡演出，第三天是马拉加。

作别之后，我们其余的人向阿利坎特驶去，车子穿过枣椰树林和满是农作物与果树的富饶、拥挤、平坦的穆尔西亚①乡野，越过洛尔卡②，向上进入了荒无人烟的大山深处，接下来沿着一道人迹稀少的峡谷，和一群群沿路扬起灰土的绵羊与山羊并驾行驶，两侧尽是刷成粉白房屋的村庄。直到最后，汽车在黑暗中向下驶出了丘陵地带，经过枪毙费德里科·加西亚·洛尔卡③的那道山谷入山时，才看到了格拉纳达的灯光。当晚我们留宿在格拉纳达。清晨的阿尔汉布拉宫④里非常清新凉爽，我们抵达"领事馆"后，正好在去马拉加观看斗牛前大吃一顿。

第二天早晨，比尔和我开车进入马拉加，我们听说安东尼奥在帕尔玛–德马略尔卡也受伤了。他的右大腿被牛角抵伤，但是

---

① 穆尔西亚（Murcia）：地处西班牙东南部的省份。
② 洛尔卡（Lorca）：地处西班牙东南部的城市。
③ 费德里科·加西亚·洛尔卡（Federico García Lorca）：西班牙籍诗人、作家，内战时被法西斯分子枪杀。
④ 阿尔汉布拉宫（the Alhambra）：位于西班牙南部格拉纳达市内的著名古迹，是13、14世纪时摩尔人的一座华丽的宫殿。

他仍然用穆莱塔异常出色地完成了他的表演，很利落地把牛杀了，并且得到了一只牛耳。斗牛结束后，他就被用飞机送到了马德里。

我们打长途电话到马德里去慰问，可是线路拖延了五个多小时。当晚，飞往马德里的航班没有空位，第二天上午有没有空位也很难说。我强烈地感觉到，他的伤势比听起来要严重。比尔说："你要是不放心，咱们为何不在午餐后驾车前去呢？毕竟咱们现在知道这条路啦。"

我于是发电报给卡门，告诉她我们第二天上午到达，并且转达了我们大伙儿问候的口信。比尔的意见是，尽管西班牙的道路有危险的曲折和下坡路，还有我们必须越过的四道山脉，但夜晚开车比较安全，因为几乎不会有车辆来往，更别提牛羊群，况且还有从地中海把鱼运送到首都马德里去的大卡车及夜间的其他卡车司机，他们都是熟练的驾驶人员。他们的灯光还能恰到好处地帮助我们。本来我们俩都喜欢观看乡野的景色，通常会在白天开车，但是这次必须夜间行驶。

到了马德里，我们赶紧弄点儿吃的，并小憩一会儿，然后就去医院看望安东尼奥。

安东尼奥正在很惬意地休息，他见到我们非常高兴。

"我想你们一定会来，"他说，"我还肯定在卡门收到电报前，你们就会到。"

"到底发生了什么事？"

"伤口比我们一开始以为的要深些，它向上伸入到肌肉。恢复健康的问题在于，它刺入的中央正是一个老伤口愈合的地方。"

"你当时在做什么？"

"肯定是你自己的过错，我没猜错吧。"

“是风吗？”

“不错，不过这是在另一个斗牛场里。”

他不想多谈这件事，只简单说了说伤口的治疗细节和它需要多久才会痊愈。

“别急，”我说，“我会告诉马诺洛和卡门，下午再过来看你。”

“我要送个信给米格尔，我来写，卡门只要把它系在一根绳子上从窗户吊下去就可以。”

卡门看起来就像我们生日那天一样高兴，因为安东尼奥只受了点轻伤，她哥哥的伤口恢复得也很好。

安东尼奥写好信，卡门和米格利略把它用绳子系好，绳子末端坠着一个开瓶器，向下垂放到了米格尔的窗口。信的内容如下：作家欧内斯特·海明威很恭敬地问询，斗牛士路·米·多明吉是否同意他来拜访。回信很快收到，上面写着：欢迎，十分乐意，倘若斗牛士安·奥托尼斯不怕的话，因为他经过这次接触，可能会从路·米·多明吉那里传染到荨麻疹。

路易斯·米格尔看起来很健康，神情愉快而亲切。他的夫人长得很漂亮，安详而柔媚。我认为不论有什么使他心情沉重的事，此刻也全都摆脱了；他已经把事情想明白，早先的信心又回来了。现在，他一点也不焦虑，一个重要的原因是安东尼奥也负伤了。

马拉加周日的九场斗牛表演，都是以路易斯·米格尔和安东尼奥为卖点的，因此他们不得不尽可能重新安排好节日。但是路易斯·米格尔和安东尼奥所带来的阴影却覆盖在那些周日的表演上，所有的斗牛士都在期盼着打败他们。也许，这是选择打败他们的最好的地点。

第十一章

马拉加集市已经散了，"领事馆"重新安静了下来，这非常令人愉快。每天傍晚的酣斗结束后，我们都从斗牛场回到米拉马酒店，有时候步行，有时候乘坐马车。那儿的酒吧间和平台面朝大海，每到傍晚时分，那儿都坐满了消夏的游客——其中有城里的阔佬、贵族、斗牛士、斗牛迷、斗牛士追随者、经纪人、养牛人、记者、游客以及垮掉的那一代、夏天里的男女色情狂、熟面孔、可疑的家伙、丹吉尔①来的走私贩子、穿牛仔裤的正经人、穿着牛仔裤的不正经的人、朋友、老朋友、更老的老朋友、卖饮料的小贩等各色人物组成的一个大杂烩。这里的世界，和我们在潘普洛纳那种健康可爱而又炽热的生活，以及我们在巴伦西亚的朴实生活一点都不像，但在一定程度上是有趣和好玩的。

我喝着伙计在酒吧后面冰桶里镇着的坎帕纳斯酒，等谈话的声音渐渐变弱，变得像动物园里的鸟笼那样低分贝②的时候，我们走了过去，看见认识的那两个孩子，他们在平台低处铺着地板的地方跳舞，平台上挤满人的餐桌一直延伸向大海的方向。宴会结束后，我们感到很欣慰：没有无趣人过来询问，也没有无聊的人，跑来告诉你一件你其实早就看过的、不想谈论也不想解释的事，这真是人生一大快事。

安东尼奥已经出院了，他正在路易斯·米格尔家牧场里面的

---

① 丹吉尔：位于摩洛哥北部直布罗陀海峡西面的港口城市。
② 表示功率比和声音强度的单位。

斗牛场训练。我们听说如果路易斯·米格尔状态良好的话，下一场斗牛将在 8 月 14 日举行。安东尼奥跟他的朋友伊格纳西奥·安古洛在演出的前三天就来了。安古洛是一个和他年龄相仿、讨人喜欢的巴斯克人①，我们都管他叫纳特乔。安东尼奥说腿伤完全不碍事，只是旧伤疤上的那个伤口，恢复得要比正常的慢些。因此，他没法等到跟路易斯·米格尔的下一场对抗赛。他现在既不愿意去想它，也不愿意去想斗牛，更不愿意去谈论这些。他谈到在巴伦西亚斗牛赛之前，在海滩上，那一天过得多么美好。于是，我们又到了那个让我们意犹未尽的地方。在那里享受了几顿愉快的、无忧无虑的午餐和漫长且愉悦的晚餐，又游了泳，酣睡一觉后，时间已经到了斗牛的前一日了。其间谁也没有提那场斗牛，直到安东尼奥忽然说道："明天我去市区旅馆里换衣服。"

　　那是我看过的最了不起的一场斗牛。路易斯·米格尔和安东尼奥都把它当作生命中最严肃的事情来对待。路易斯·米格尔虽然经历了巴伦西亚那次重创，但那伤口却如此幸运地痊愈，使他恢复了昔日的自信。这种自信曾被安东尼奥难以置信的完美表演和他雄狮般的冲动与勇气挫伤过。然而，安东尼奥在帕尔玛－德马喀尔卡被牛抵伤的事实也表明，他也并非是不会受到任何伤害的金刚不坏之身。不过幸运的是，路易斯·米格尔并没看见过，安东尼奥在巴伦西亚和最后一头牛搏斗时使用的绝招。倘若，他真是看到的话，我就不能确定他是否真的想和安东尼奥同场演出了。路易斯·米格尔很爱钱，也很爱钱所能买来的东西，但他并不需要这笔钱。他想证明，自己是当代最了不起的斗牛士，这比什么都重要。其实他已经不再是最了不起的斗牛士了。然而说实话，那天，他真的很了不起。

---

　　①　欧洲比利牛斯山的原居民，大部分居住在西班牙北部。

安东尼奥也抱着和他在巴伦西亚一样的信心来参加这场斗牛。在马喀尔卡发生的那件事情对他算不了什么，只是犯了一个跟我也不想多谈的小错误而已，今后绝不会再犯。长期以来，他都认定自己是比路易斯·米格尔更优秀的斗牛士，上次在巴伦西亚，他已经证明了这一点，现在，他急切地想要再次证明一下。

公牛是从胡安·佩德罗·多梅克的牧场运来的。除了第一头外，别的牛都差不多。其中有两头对其他斗牛士来说，可能会不好应付，但路易斯·米格尔和安东尼奥除外。路易斯·米格尔在斗第一头牛时，脸色显得苍白、憔悴、神情疲惫。这头牛非常危险，用角两边乱劈。虽然路易斯·米格尔很疲乏，却仍然很优美地控制了它。面对这头牛，他没法让自己显得很出色，但却能聪明而熟练地应付着，尽可能地做出各种闪避的动作。到了杀牛的时候，他很稳健地刺进去，可是，剑却从边上滑开，剑尖从牛肩胛后面的皮里穿了出来。一个短标枪手挥挥披风，把剑拔了出来。路易斯·米格尔用他的杀牛剑再一次刺入就把牛结果了。我在围墙外边看时，一直为米格尔的神色感到忧虑，我希望他使剑时能再稳妥点儿。这一次也许是一个意外，但他仍然让我很担忧。

在场的那一大堆摄影记者和电影制片人，也让我担忧，他们对斗牛场，一点经验也没有。当斗牛士撩拨牛的时候，任何被牛看到的动作，都会分散它的注意力，使它突然奔突起来，脱离斗牛士红布的控制，而斗牛士往往是毫无防备的。围墙过道里的人都知道这一点，所以自始至终都很小心，走动时，把头低在围墙高度之下，一旦遇到牛面对着他们时，就保持绝对安静。但是要有一个不讲究的，或是该受责备的斗牛士，如果靠在斗牛场内的围墙上，可能通过看似不自觉的动作，或者轻轻一拂披风，就引起牛的注意，使它突然冲向正预备上前杀牛的另一名斗牛士。

安东尼奥的第一头牛上场了。他用披风将它逗引过去，仿佛他是受邀前来的，而且这场表演从开始就注定是绝对完美的。整个夏天，他一直都是这样斗牛的。在马拉加的那天，他就使用猎取、搜索、寻觅、贴紧牛体等，充满诗情画意的动作超越了自己。接下来，他拿着穆莱塔，轻盈徐缓地闪避着，如同雕像一样，让那整个漫长的回合充满诗意。最后，他用剑完美地一下结果了那头牛，剑锋是从死亡凹口下一英寸半的地方直刺进去的。他得到了两只牛耳，观众们还强烈地要求把牛尾也送给他。

路易斯·米格尔的第二头牛快步跑进场来。我心里暗想，现在他是真够倒霉的。刺进牛身上的长矛无法让牛情绪稳定下来，要让这头牛站定片刻和马匹对冲都做不到。我感到情况变得越来越糟，米格尔现在只能听天由命了。他显然无法跑过去插短标枪，只能指挥手下把短标枪插在那儿，插了标枪之后公牛稍微稳定了些。于是，路易斯·米格尔用缓慢的、两边旋转的低位闪避动作把牛引了过去，开始用穆莱塔调教它。他约束住它，不让它快步小跑，只让它从一处向前冲，按着他创造的节奏跟着红布运动。他高举着红布，在下面闪避着，右手握着剑从髋部斜伸出去，接着用低低的、柔和的、晃动的纳图拉尔闪避动作撩拨着公牛。

身材修长的路易斯·米格尔站得笔直，脸上毫无笑容。他选定了处置牛的地点，便一动不动地把穆莱塔对准了牛眼的水平线，这样，牛便不会缩起脖子。他开始让牛绕着他旋转，做那种何塞利托创下的纳图拉尔闪避动作。最后，他用一个美妙的胸前闪躲——让牛角掠过他前胸的一个左旋闪避——结束了这一回合，用穆莱塔的褶层从牛角扫过直到牛尾。他等牛站好姿势，在木棒上卷起穆莱塔，高举瞄准，用他的全部气力准确地一下刺进去。这是他在这次斗牛中一剑刺死的第三头牛。米格尔挑动这头牛做出了完美的表演。他收回剑的同时也收回了全部信心，带着一种不以为然的微笑走了回来，谦逊地接受了一对牛耳和一条牛尾，拿着它们绕场一周。我注意到米格尔走路时，对被第一头牛刺到的右脚比较小心，但他并不特别掩饰。我知道他的右腿走起来还是有点儿疼，不是很稳健。即便如此，他已经表现得十分出色，我从没这样钦佩过他。

我当时认为，安东尼奥这一次挥舞披风不会比第一次撩拨牛的时候做得好。可是，他还是超越了第一次。我从围墙那儿注视着他，想象他是怎么做到那样挥舞的，永远地那样挥舞，使那个动作如此的优美动人。要想刻画出那种形象，使每一个闪避动作看起来持久的秘诀在于贴近和徐缓。不过，使动作如此动人的，还是他注视着死亡由他身旁走过时，那种完全自然和传统朴实的神情，那种神情，仿佛是他正在监视死亡、帮助死亡，并把死亡变成自己的伙伴，然后用一种全然上升的格律感染着全场。

拿着穆莱塔，这次开场，他就做了四个了不起的低位闪避动作，把右膝和右腿在沙土地上伸开来控制牛。他的每一次闪避做起来都堪称典范，而不是僵硬机械的动作。他紧贴着做动作，每一次闪避时，牛角总在离他大腿或胸部不足毫米的地方掠过，等牛角过去后，他也没有倚靠到牛身上。这里没有什么花招，但每一次躲闪，都会使注视着人和牛的观众们屏住呼吸，提心吊胆。而我却一点都不担心安东尼奥挥舞披风的样子，在这所有绝妙的回合中，我从来没担心过。虽然每一次躲避对于普通的斗牛士来说，做起来都确实是极端困难与危险的。那头牛很好，比米格尔遇到的那几头好得多。安东尼奥撩拨这头牛的时候很快乐，他跟它共同完成了一个完美无缺、十分动人的回合。然而，他并没有让牛坚持太久，而是用剑奋力一击，彻底刺杀了他的朋友。

到现在为止，已经有四头牛都是被剑一击毙命的，而这次漫长的斗牛也正逐步走向高潮。他们给了安东尼奥两只牛耳、一条牛尾以及一条带蹄子的下半段牛腿。安东尼奥绕场一圈，就像和我们一块儿待在游泳池旁时，那么的悠闲快乐。观众再次对他表示热烈欢迎时，他邀请路易斯·米格尔和饲养牛的胡安·佩德罗·多梅克先生跟他一块儿出场致意。

现在，就看路易斯·米格尔了。只见他两膝跪地，用"拉尔加一坎比亚达"动作把牛吸引过去，让牛的角几乎刺到他，然后转动披风完全摆脱公牛。这头牛很出色，路易斯·米格尔充分利用着它。长矛如一道闪电，很利落地刺中了牛身，与此同时，路易斯·米格尔快速把倒钩短标枪也刺了进去。我在围墙边上看到他的样子显得很疲惫，不过，他却毫不在意自己的身体。他避免了任何跛行的动作，并且用和先前一样的热情撩拨着牛，仿佛是一个第一次接触斗牛场的饥饿的小伙子。

他用穆莱塔把牛引到靠近围墙的地方，后背紧贴着围墙木板，身子坐在围墙内边①上，他快速地闪避了五次，让牛从他伸出去的右胳膊下冲过，用摊开的红布画出冲刺的路径。那头牛，每次都"呼哧呼哧"喷着粗气直冲过来，身上的倒钩短标枪咔嗒作响，蹄子在沙土地上沉重地踏着，牛角紧贴米格尔的胳膊擦过去。那情形看起来的确是自杀性的，但是对一头出色的、奋勇向前冲的牛来说，不过是一个相当危险的花招而已。

随后，米格尔把牛引到了斗牛场的中央，用左手做出一些传统的闪避动作。他显得很疲乏，但却很自信，动作完成得也十分

---

① 指斗牛场矮围墙内，离开地面十八英寸高的一圈边沿，用来帮助斗牛士越过围墙。

出色。他左手握着穆莱塔，以优美的姿态做了两套八个纳图拉尔闪避，然后又一下向右闪避。这时，牛从后面朝他冲来，竟然抵中了他。我从倚靠在围墙边的地方看到他被牛顶住，抛到了整整六英尺多高的空中。他的胳膊和腿大张开，穆莱塔和剑都被甩了出去。米格尔头触地摔了下来，牛踏到他身上，想刺穿他的身体，但两次都没有戳中。所有的人全都张开披风冲进场地，他的哥哥佩培也翻过了围墙试图把米格尔拖开。

米格尔却马上爬了起来，好在刚才牛角只是经过了他两腿之间，他身上并没有伤口。

米格尔毫不在意牛对他做的事情，摆摆手叫大伙儿散开，继续做他的精彩动作。他把牛抵到他时做的那个闪避动作又做了一遍，随后又重复了一遍，仿佛要对牛和自己刚才的表现好好惩罚一下似的。接着，他精确无误地贴近那头牛，做出其他一些闪避动作，不把公牛方才向他所做的攻击放在眼里。他比先前更有激情、更加花哨地表演那些闪避动作以取悦观众。他做的动作既干净又利落，丝毫没有故意卖弄的痕迹。随后，他杀牛杀得也非常出色，猛地一剑刺进去，顺利得好似他一生使剑都从没遇到过麻烦。他们给了他先前给安东尼奥的一切荣耀，这也确实是他应得的。不过绕场一周后，他那条腿已经发僵，要掩饰跛态已经不可能了。他把安东尼奥叫出来，两人一起站在场地中央向观众致意。会长吩咐大伙儿抬上牛的尸体也在场内走上一圈。

五头牛，五剑刺杀。这时最后一头牛上场了。安东尼奥拿着披风向前逼近，开始做他那悠长的、徐缓迷人的闪避动作。此时观众席上传来的声音，瞬间沉寂，随即对每个闪避动作都报以热烈的欢呼。

长矛刺得很到位，不过牛被长矛刺中后，似乎有点儿跛，大概是它试图突破重围，冲过去的时候，一条前腿微微撞到长矛上受了点儿伤。这时，费雷尔和霍尼把倒钩短标枪插到牛背上，牛腿微跛的样子反而消失了，或者至少是缓和了，但是，等安东尼奥用穆莱塔召唤它时，牛还有点儿踌躇不定，总是前蹄停住，而不是一直冲过来。

我倚在围墙的木板上，注视着安东尼奥，看他如何撩拨和调教公牛。他从贴近牛身的地方进行短促的冲撞，然后，熟练地引逗公牛把冲刺变得悠长。他用穆莱塔的徐缓动作逗引公牛行动，把牛缠裹在红布里，使观众对他延长冲刺的动作浑然不觉。牛从相当远的距离，朝那块红哗叽直奔过来，很凶猛地冲了过去。观众完全没有察觉这个状况，只看到一头踌躇不决、不肯冲刺的牲口，突然变成了一头十分凶猛、剽悍冲撞的野兽。他们不会知道，如果安东尼奥像大多数斗牛士所做的那样，只在牛的正面撩拨，设法让观众看到，牛不肯冲过去，那么，牛就绝对不会冲过去，其他斗牛士只能做一些半闪避的动作或者突然转向。与此相反，安东尼奥却让牛好好地向前冲刺，用角完整地掠过身体。他要让牛做那些真正危险的动作，然后控制它，用自己胳膊和手腕，通过巧妙的驾驭，逐步延长牛冲刺的动作，直到他对这头牛，做出了同样优美的雕塑一般的闪避，就像对之前那两头容易撩拨的牛一样，这一切观众却毫不知晓。在他做完了所有的、了不起的闪避之后，以线条与情感同样纯洁的方式与公牛紧紧贴近，在适度危险地完成了那些动作后，观众以为他只是又幸运地抽中了一头优越的、了不起的牛呢。

他和这头牛共同完成了十分优美、感情洋溢的最后回合，在那悠长的、徐缓的闪避中，牛完全被他控制，而任何一个闪避过程中，他如果一时慌乱，或者哪怕只是稍有差池，牛都会在冲刺中突进，撒开红布直戳上他。这种斗牛方式是世上最危险的，和最后这头牛缠斗的过程中，他全面地展示了应该如何做好这种表演。

剩下来需要他做的，就只有一件事：绝对完美地把牛干掉。他没有利用有利的形势，也没有降低或者偏转剑刺入的角度，如果那样做，也许会刺进去，但有刺中骨头的危险。因此，他卷起穆莱塔，举剑瞄准，左手放得很低，用那块红布指引着，对着肩胛骨之间的那个凹口高处，从牛角上面狠刺进去，同牛形成了一个牢固的整体。等他从牛角上方抬手时，那柄致命的长钢剑，已经一直刺到了剑柄，公牛的主动脉已经切断了。安东尼奥注视着牛，看它四腿痉挛，摇摇晃晃地晃动了一下，然后轰然倒地。第二场决斗结束了。

但观众的歇斯底里的庆祝仍在继续，牛耳、牛尾、牛蹄子、牛都被抬着绕场一周，他们甚至要求两个斗牛士和卖牛的牧场主，也以胜利者的姿态环游场地——观众把他们抬在肩上，一直送到米拉马酒店。随后便是一些所谓的事后总结，那是在一场大斗牛之后，空虚的、净化的情绪，还有我们的发言，以及当天晚上在"领事馆"的晚餐。

第二天早上，我们坐飞机到法国巴荣纳斗牛场，如果一切顺利的话，就再把那套演出重复一遍。统计资料早已经通过电报和无线电传过去了：十只牛耳、四条牛尾、两只牛蹄。但是，这些统计完全毫无意义，最重要的是，这两位堪称传奇的斗牛士，丝毫没有受到阴谋诡计或是经纪人或赞助人的伎俩的损害，他们联袂上演了一场几乎完美无缺的斗牛。

第十二章

　　清晨，从马拉加起飞，越过无比壮丽的大山和拉曼查与卡斯蒂列高原。看到许多陡峻、断裂的山脉，使我意识到，假如驾车行驶，那将会是一条非常美妙的路线。在我们还没有在马德里降落、动身去法国之前，有一段时间，我无法随心所欲地好好欣赏那片黄土乡野、条条大路和褐色的城镇，因为飞机正副驾驶员换上了路易斯·米格尔和安东尼奥，据我所知，那时他俩谁也没有驾驶执照。我真不知道，还有哪个国家会出现这种情况。当然无须理由，一名斗牛士还有什么事情不可以做？我却紧张得直冒冷汗，就这样飞越过了不同的高度，在飞机突然偏离时，朝下望着很不友好的地面，直到驾驶员又重新接过手。

　　比亚里茨的机场是刚刚建造的，设计得很完美，绿化也很棒。当时，天下起了大雨，从比斯开湾还刮来了暴风，等到下午太阳出来时，整个巴荣纳都洋溢着清新的气息，到处都像新冲洗过的一样。镇子上挤满了人，旅馆里只剩下一个房间，我和安东尼奥住了进去。我们说好等他斗完牛离开后，我接着住那间房。他明天得到西班牙西海岸的桑坦德表演，然后前往雷亚尔城，后天他和路易斯·米格尔将在那儿，再举行一次面对面的决斗。而我要在巴荣纳待一晚，观看 16 日安东尼奥在桑坦德①斗牛时，路易斯·米格尔在这里的斗牛表演，然后和米格尔一块儿飞往马德

---

　　① 地处西班牙北部的港口城市。

里，再到雷亚尔城①。

斗牛场的票在好几天前就已经售完了。沙土地又湿又重，虽然阳光灿烂，天色却显得灰蒙蒙的。那几头牛，如果按照一流标准来看，长得都太矮小了，有些牛角，为了能使它们看起来，更像是自然的一样，还被严重地削短又重新弄尖、磨光过。这样一来，我不可能把这场斗牛看作是对这两个人的真正考验。

因为在马拉加被牛抛起跌伤了膝部，路易斯·米格尔一直关节发僵。那一晚，竟然变得更加僵硬，即便乘坐飞机长途飞行，也没能使它稍微缓解。他对自己的腿丝毫没有信心，这让他意识到自己失去了安全感，因此，只能尽量装出正常的样子。他那两头牛不好应付，而他对待牛的熟练技巧，已经没法发挥出来了。

他的第二头牛格外出色。他打起精神面对着危险与痛苦，精彩地挥动着披风，与牛共舞。他希望通过展示观众喜爱的、期望他做的那些眼花缭乱的招式，结束这个精彩的回合。于是，他用穆莱塔表演着种种技巧，显得很镇定自如，但很快就变成了真正地可叹。当时，没有多少人能够发觉这一点，他努力行走得和正常人一样，拒绝在任何一头牛的身上找借口。路易斯·米格尔弯曲着手臂，用剑几乎垂直地插了进去，杀了他唯一的一头好对手。他的剑刺得恰到好处，于是，他们把两只牛耳都给了他。对最后一头牛，他就什么也没有做，只是勇敢地独立承受着痛苦。我替他感到难受，因为我相信，马拉加的那次表演已经是他再也不可能到达的巅峰了。

安东尼奥撩拨着他的三头牛，毫不容情地击败了米格尔。他手里有两头牛都比米格尔的好，在米格尔对一头劣牛发挥失常后，安东尼奥表现得更加卖力，仿佛一个试图超越抛锚对手的赛

---

① 西班牙雷亚尔城省的省会，位于马德里以南一百零五英里处。

车手那样。他展现出一场辉煌卓越的表演，割下了两只牛耳。

米格尔马上在下一场对此做出了有力的回击，也以同样精妙的表演，割下了两只牛耳。这就使得安东尼奥在第三头牛身上加大了力度，他以任何斗牛士都难以企及的技巧，让米格尔束手无策——这次他花费了比以往击败米格尔多四倍的气力来击败他。安东尼奥用剑一下子高高地刺中了牛的肩胛骨之间，结果了公牛的抗争，割下了两只牛耳，并割下了牛尾。这个动作我在围墙边上看得清清楚楚，他把剑瞄准时稍微比平时低了一点儿，侧面靠得很近，然后，深吸了一口气，一击毙命。

米格尔在最后一头牛身上表演得不尽如人意，安东尼奥却变得更加冷酷无情。他努力更完美地表演自己的最后一场，甚至更加扎实、更加危险，他特意增加了几个讨人喜欢的花招，最后才刺入那个致命凹口。他先是刺中了骨头，又试了一次正中目标。那头牛和前一天最后那头牛一样死掉了，他得到了一对牛耳。等我回到旅馆房间去见他时，他已经动身去了桑坦德，只见一双糊满烂泥的斗牛靴子，胡乱地扔在浴室的地上。

第二天傍晚，宁静的暮色中，我们和米格尔，以及有过一面之缘的米格尔的一些老朋友，一起坐在机场露台上喝酒，然后就飞往马德里。次日，米格尔和安东尼奥还要在雷亚尔城进行一场面对面的决斗。雷亚尔城在拉曼查边境，在马德里以南大约一百九十六公里处。两人有过很多很激烈的决斗，不过这一场，预计不会太精彩，因为这是四天里的第三次比赛。再过一天，安东尼奥就要到遥远的西班牙北部，巴斯克乡野里的比尔希尔去表演，而米格尔的日期只比他晚一天。大家都很疲倦，很快就睡着了，直到我们发觉飞机已经降落在巴拉哈斯。

从潘普洛纳开始，安东尼奥和霍奇开始互换身份，安东尼奥对自己有两个独立的身份很是得意：一个是人，另一个是斗牛士。每当他想享受几天私人生活休息一下时，他就跟霍奇变换身份。他称霍奇为佩卡斯或埃尔·佩卡斯，意思是"雀斑脸"。他很欣赏霍奇，而霍奇也非常喜欢他。

"佩卡斯，"他总是这么说，"你就是安东尼奥。"

"好啊，佩卡斯，"霍奇也总是这么回答，"那你最好马上着手为老爹的那个故事写个电影剧本。"

"我正努力写呢，已经写好一半啦。"

安东尼奥还经常对我说："今天我写得非常辛苦，还打了棒球。"

斗牛表演当晚的午夜，安东尼奥就会对霍奇说："现在你是佩卡斯，而我又是安东尼奥了。你愿意从今往后一直做安东尼奥吗？"

"非常乐意，"霍奇总是这么回答，"对我而言，这不算什么问题。不过我们此刻最好先对对表，弄清楚时间。"

就在我们观看雷亚尔城斗牛比赛的那天午夜，安东尼奥准备让霍奇换上斗牛士的服装，把他带进斗牛场做替补斗牛士。一旦路易斯·米格尔和安东尼奥都被牛刺中，他就得上场去把牛杀死。

他想让霍奇在比赛的时候做一天，至少做一会儿安东尼奥。这绝对是不合法的。我不知道万一有人认出霍奇，他们将会受到多么严重的惩罚。当然，他并非真成了替补斗牛士，但安东尼奥要他认为他就是。他以一名替补短标枪手的身份跟随安东尼奥进场，这样大家都会以为他就是那个替补杀手。

"你愿意吗，佩卡斯？"安东尼奥问霍奇。

"当然，"霍奇说，"谁会不愿意呢？"

"真是我的好佩卡斯。你看，我为什么喜欢做佩卡斯？谁会不愿意呢？"

在一家楼梯狭窄、房间里完全没有沐浴设备的黑暗的乡村老旅馆里，我们吃了一顿美味的饭菜。雷亚尔城里人流如织，全是从四周村子里赶来的人。雷亚尔坐落在一大片酿酒区的边缘，这里的人们对客人很热情，对酒更热情。霍奇和安东尼奥在斗牛士房间里更换服装，米格利略正在帮助他们，我从没见过那么轻松愉快的斗牛准备。

"我到时候应该做什么？"霍奇问。

"出场后，你看着我，我做什么，你就跟着做什么。胡安会关照你，保证不会出问题。然后你就到围墙后边，跟老爹待在一起。他让你做什么，你就做什么。"

"要是真的需要我去杀牛，那可怎么办？"

"你这是什么态度吗？"

"我就随口一问。"

"这有什么难的？老爹会用英语告诉你怎么做。老爹会注意我或是米格尔做错了什么动作，这是他吃饭的家伙。接着，他就会告诉你，我们什么地方做得不对，你就仔细听着，避免犯我们一样的错误。随后，他还会告诉你怎样杀牛。总之，你照做就行啦。"

"记住，佩卡斯，你绝对不能在刚出场时就给别人留下低调的印象，"我看着霍奇说，"那样很不友好，至少得加入工会才行。"

"那我现在能申请加入工会吗？"霍奇问，"我兜里有钱。"

"那个没用。"安东尼奥说，"先别去操心加入工会或任何商业性组织啦。把注意力放在调整自己的状态上，要时刻记住我们都为你而骄傲！"

我打算去看看其他的人，便扔下他们两人下楼了。

等他们从楼上下来的时候，安东尼奥满脸斗牛前那种阴沉冷漠、聚精会神的神情，两眼半张半闭，不去看外界所有的人。霍奇穿着安东尼奥的那身服装，看起来俨然是一名斗牛士。那满是雀斑的脸上也挂着第二垒守垒员似的神气，就像一个即将面临一次大考验的老练的见习斗牛士那样。看到我，他有点忧郁地朝我点点头。之后，我们来到斗牛场，站在看台的弓形建筑下，那扇红门前的砖墙旁边静静等待。霍奇背向砖墙，站在安东尼奥和路易斯·米格尔两人之间，摆出一副十分老到的样子。

马拉加那场演出，安东尼奥受到了一定的影响，但他努力使自己看上去若无其事、从容自如，这也是他每次开场前惯有的那种气质。自从马拉加赛事以后，米格尔也总是有点紧张，这回，各式各样的斗牛都给米格尔带来更糟糕了的影响。

我出去绕了一圈，观察长矛手是如何跨上马的。接下来，我还要走出大门，经由过道绕过斗牛场，去和米格利略碰头，因为他总习惯把用具放在那里。等表演的入场仪式结束之后，我要在那儿等安东尼奥、霍奇和我会合。我正跟短标枪手、路易斯·米格尔和安东尼奥进行赛前的简单交谈。

这时，有人过来问我："替补斗牛士是谁？"

"埃尔·佩卡斯。"我答道。

"哦。"他略略点了下头。

"Suerte①，佩卡斯。"我转头对霍奇说。

他轻轻点点头，努力使自己看上去不那么紧张。

我绕着斗牛场走到米格利略和他的助手跟前，他们正在摆放斗牛披风和没有拔出鞘的剑，紧接着，他们又把穆莱塔卷起来，

---

① 西班牙语，意思是祝你好运。

把螺钉钉在挂穆莱塔的木棒上。我拿起水壶喝了一口水，环视一周，心中暗想：场内的观众大概不会坐满。

"佩卡斯在做什么？"米格利略问。

"在小教堂里，为其他斗牛士祈祷一切安好。"我回答。"好好照顾他，"多明戈·多明吉说，"哪头牛都有跳起来的可能。"

入场式的音乐响起来了。我们的目光都集中在佩卡斯身上。他平静自信地大步走着，表现出恰到好处的谦虚。我的目光转向米格尔，看他是否走路还有些跛。他没有，而且状态看上去非常好，一副充满自信的样子，不过当他的目光扫到斗牛场内的空位子时，脸上掠过一抹黯淡的神情。而安东尼奥进场时，十足的王者气概。他显然也看到了那些刺眼的空位，但转眼就把不快的情绪甩开了。我叫住刚走进过道的霍奇。

"需要我做什么呢？"他低声问。

"跟在我后面，做出稳住且准备充分的样子，不过别太夸张。"

"我们算认识吗？"

"应该不算熟人。我看过你斗牛。可我们并不是老伙伴。"

就在我们说话的当口，路易斯·米格尔的第一头牛冲进场了。米格尔在选择牛入场的顺序时，在一头小、一头中和一头大这几头牛中先选了中等个儿的那一头。他手持披风行动自如地避开牛，似乎并没受那条伤腿的影响，每一个闪避动作都激起了观众的大声欢呼。

米格尔用穆莱塔撩拨那头牛，一开始他表现得很不错，一招一式都有板有眼，切换过渡也非常流畅，但就在眼看要达到最佳状态时，这头牛显得不那么勇猛了，因为它被长矛刺中次数太多，流了不少血。虽然如此，但牛的颈部肌肉却没有因失血过多而变得松弛。米格尔不得不连续做了七次刺击，直到用短剑第二次刺入才杀死牛。

"怎么会这样？"霍奇问。

"有很多因素，"我说，"一部分是他的过失，一部分是因为牛。"

"他会不会一直保持这样的糟糕状态，不能再杀牛啦？"

"我不清楚。牛确实一点儿也没给他帮上忙，不过他自己也有问题，他不能让左手低下去，所以没法猛地一下刺进去。"

"让左手稍微低下点儿，是件很困难的事吗？"

"是的，那样很危险，一不小心就会送命。"

"原来如此。"霍奇说。

这回轮到安东尼奥的第一头牛出场了。他用徐缓、优雅的动作挥舞穆莱塔撩拨着它，但因为他先斗的是他的那头毫不起眼的最小的小牛，所以观众观看的态度不是很认真。那天牛的供应商是萨拉曼加的加梅罗·西维科斯。他提供的这群牛个头大小不一：两头小的、一头相当大的和三头中等个儿的。安东尼奥留意到即便自己用穆莱塔撩拨牛的动作堪称一流，并且特意展示了一些地道的闪避动作，观众的情绪仍然比较低落。他便改用能使任何一头牛都显得很好的特技——马诺莱特闪避动作，并且在闪避牛时把目光投向场外的观众。等全套的马诺莱特常规动作做完后，他微微偏向一边，只低低地一剑便刺入牛背，结束了牛的性命。因此得到了一只牛耳。

米格尔的第二头牛个头很大，非常剽悍，第一次冲刺把马都撞翻了。长矛手使尽浑身解数想抑制住它那股野蛮的冲劲。结果牛受了重伤，身上却只插了一副倒钩短标枪。

米格尔接手了这头受了重创的牛，聪明地和它好好表演了一个堪称精彩的回合。他做了几个一流的闪避动作，不过除了个别旋转动作外，他没能把那些动作连贯得自然妥帖，更糟糕的是，在他引着牛绕圈时，他可能是没有站稳，差点儿靠到了牛的身上。

不过，路易斯·米格尔的收场处理得非常好。他的剑刺下去一直没至剑柄，第一下就割断了牛的脊骨骨髓。他得到了一只牛耳。他手持牛耳绕场走了一圈，然后站在场中央向观众鞠躬致谢。可是有一些观众表现仍然很冷漠。

安东尼奥来到外边沙土地上，以那种标志性的徐缓、迷人的动作，再次舞动披风。那头牛冲得又快又直，而那件披风却始终保持从容的姿态，在牛猛然冲过来就差几毫米的时候，被风吹开、鼓起，闪开那凶猛的角尖。安东尼奥试图控制住这头牛，他与长矛手配合时非常谨慎，在使用倒钩短标枪的时候也分外小心。他用穆莱塔完成四个闪避动作时，他的身体像一条笔直的线，两腿紧紧并在一起，整个人如同一尊塑像，从牛首次冲刺到牛用尖角第四次从穆莱塔下擦过他的胸部为止，安东尼奥始终没有移动一下。随着音乐的奏响，他开始使牛以慢节奏的、不足一半的环形绕着他转，然后是半圆形，接着是全圆形。

"这技巧简直让人难以置信。"霍奇由衷赞叹。

"他甚至能让牛转一圈半。"

"可这下路易斯·米格尔的胜算更小了呀！"

"米格尔腿好了之后就进入状态啦。"我安慰他说，其实我心里也希望这话能成真。

"米格尔的状态可不怎么样，他好像有压力。"霍奇说，"你看他脸上的表情。"

"这是一头非常好的牛。"我试图辩解。

"这是另外一码事，"霍奇说，"安东尼奥的确太出色了。他总能做出寻常人做不到的举动。再看看路易斯·米格尔的样子吧。"我抬头看向米格尔，那张脸暴露了他所有的平静、黯淡和不安。

"他真的要完啦。"霍奇说。

安东尼奥表演完毕，引导牛摆好架势站定，他把穆莱塔放得非常低，拖曳着。他深深地吸了一口气，小心地瞄准，剑从牛角的上方一刺到底，牛一下倒在地上，死了。他们割下了两只牛耳和牛尾，全都给了他。安东尼奥走到我这边，向我微笑，又向霍奇看了一眼，那神情仿佛才看见他似的。我走过去和他攀谈。

"请告诉佩卡斯，他看上去真的很棒。"最后这句话他是用英语说的。

"你教没教过他杀牛？"

"没有。"

"教他吧。"

我回到霍奇身边。路易斯·米格尔的那头最小的牛出场了。我们望向那头牛，霍奇问我："刚才安东尼奥跟你说什么？"

"他说你看上去很棒。"

"这并不是件难事，"霍奇说，"还说了其他什么吗？"

"他让我教你杀牛。"

"这个主意不错。你认为我得杀牛吗？"

"我不这么想，除非你想把后备的牛杀了，那可是要付钱的。"

"多少钱？"

"四万比塞塔。"

"我可以用我的就餐俱乐部卡支付吗？"

"在雷亚尔城恐怕不行。"

"那还是算了吧,"霍奇说,"我身上带的现金从不超过二十美元。这是我在沿海一带学会的好习惯。"

"我可以借钱给你。"

"不用,不用,老爹。只有安东尼奥真的需要我替他杀牛时我才杀。"

米格尔正在离我们几步远的地方撩拨牛。他和牛都尽了最大的努力,不过由于前面安东尼奥的表演做比较,大家好像都不怎么在意他,只有他的私人朋友们才会关注他和他的牛。那头牛尽量使自己在人前不辜负萨拉曼卡良种牛的名声,总之,一头体格健壮、合乎标准的牛应该有的反应它都做到了。米格尔的表现则让大家看到他和曼谱莱特的老经验——当一头牛把脖子伸得很长想撞倒曼诺莱特时,如何用那个早就准备好的小道具把牛吓得不敢逾矩。牛似乎已经对此感到厌倦了,渐渐从原来那种半蛮牛的状态变得倦怠而绝望。它吐着舌头,如同契约指定的那样做着它该做的事,这时候需要剑斗士作出配合来结果它了。但是路易斯·米格尔却在杀牛前,拖拖拉拉地强迫牛跟着自己做了四个曼诺莱特式动作。他拖曳着一条腿突上前去,那举动中似乎缺乏自信。当那把剑提出来时,他才打起精神,展现了老到的刺杀动作。疲惫而失望的牛终于能休息了,在最终的安眠之前,它感觉到了一件新鲜事:有一把剑刺入了自己的身体。路易斯也做了他应该做的所有事,但大伙儿对此并不感到满意。

"米格尔今天看来状态很糟,"霍奇悄悄说,"他在马拉加的表现是多么精彩呀。"

"他今天本不该出场表演的,"我回答,"但是他想借着表演来摆脱眼下的困境。要知道,他在巴伦西亚就差点丧命,在马拉加又遭遇危机。今天那头大牛还差点儿捅到他。他的心情现在应该十分沉重。"

"为什么会这样?"

"因为死亡的威胁,"我把声音放得很低,用英语继续说,"而安东尼奥代他把死亡装在衣袋里尽情挥洒生命。"

霍奇不再言语,我们把目光一起转向安东尼奥,这是他今天最后一次出场,对手是他那头最大的牛。安东尼奥挥舞披风的姿态仿佛具有神奇的魅力,而且越舞越贴近,越贴近越缓慢,简直令人难以置信。观众已经对安东尼奥产生了深深的信任感,在他们眼里,其他任何斗牛士挥舞披风的样子,都不能和安东尼奥相提并论。安东尼奥使牛一直保持着凶猛活跃的状态,但又完全让它在自己的掌控之中,接受穆莱塔的引导。接下来,安东尼奥又向观众展示了各种堪称绝技的闪避动作,这些动作都是那么符合应有的标准。随着这些动作,牛越来越贴近他的身体,一直到了无人能超越的近距离。牛在他的操纵下绕着他的身体转,以至于他浑身上下都被牛血浸湿了,他伸出一只胳膊控制住牛的奔跑速度,把之前米格尔所能做的那些闪避动作都做了一遍,那些在利纳雷斯①消失的危险与激情又被他的表演全带回来了。他知道这些闪避动作比刚才的那些要安全一些,不过他在表演中注入了那些动作本该具有的一切,甚至超越了它。最后,安东尼奥在牛前面站定,用徐缓的动作卷起穆莱塔,把手中的剑瞄准了牛的肩胛骨之间最高的部位。他张开微翘的嘴唇,深深吸了一口气,迅猛而稳健地从牛角上面直刺下去。当他的手心感受到那黑色肩膀的触觉时,牛已经死了。他侧身站到一边,望着牛,缓缓地举起右手。牛硕大的身躯一下瘫软下来,晃了晃,"砰"的一声倒在了

---

① 利纳雷斯(Linares):地处西班牙南部的城市,位于哈恩市东北二十三英里处。

沙土地上。

"好了，这下用不着你杀啦。"我对霍奇说。

米格尔站在原处，望着斗牛场，目光迷茫，眼中似乎空无一物。观众中掀起了一阵阵歇斯底里的狂潮，直到两只牛耳、牛尾甚至牛蹄全被割下，许多观众还在拼命地挥舞着手绢。通常，允许割下一只牛耳就意味着会长已经同意把这头牛送给斗牛士自行卖掉牛肉，其余的切割只是在象征意义上作为评判一场胜利规模大小的标准。不过现在，这个老规矩和其他许多对斗牛本身没什么作用的事情一样，已经被大家默认了。

安东尼奥举手向霍奇打了个招呼，示意他过去。

"跟着大家一块儿向前走出去。"我告诉霍奇。霍奇迈起大步走过去，和霍尼、费雷尔和胡安一道，以一种非常得体的谦逊态度跟着安东尼奥绕场环游了一圈。其实这件事有些不合常规，但这是安东尼奥的邀请，机会实在难得。霍奇为了保持替补斗牛士的个人尊严，既没把雪茄烟留下，也没把帽子丢回去。看着他那镇定自如的样子，没有几个观众会对他的能力表示怀疑，他的姿态充分表现出这样的信号：如果有必要的话，他，"埃尔·佩卡斯"，完全有能力接过斗牛。他那诚恳的、满是雀斑的脸上闪耀着自信，你甚至能从他走路的方式上看出这股气场。偌大的广场上，只有路易斯·米格尔会留意霍奇戴没戴辫子这个问题。但霍奇假如真的跟牛搏斗起来，那么在牛发出第一次冲刺后，就不会再有人注意到有没有辫子。观众们一定会想当然地认为那辫子在他第一次跳跃时就落下了。

等我和比尔赶到旅馆那个小屋子时，安东尼奥全身的衣服已经被牛血浸透了。米格利略正努力帮他脱下裤子，那长燕尾款式的亚麻衬衫被牛血染得通红，黏乎乎地贴在他的小腹和大腿上。

"穿着这种衬衫可不大舒服，老爹。"安东尼奥打趣说。他在马德里吃完夜宵，当天夜里就要乘车赶到比尔希尔，在那儿稍作休息，准备第二天下午的演出。而我们和他约定在比尔希尔的卡尔顿大饭店里会合。

安东尼奥想及早到比尔希尔去，因为比尔希尔的公众是全西班牙最苛刻的公众。那儿的牛最大，公众的评审眼光也最严厉，因此谁也不能说这一年的斗牛节会有什么不可靠的、让人疑心的因素。安东尼奥这一季的表演水准，自何塞利托和贝尔蒙特以后没有任何一个斗牛士能超越，特别是和那么地道的公牛一起。当然，要是路易斯·米格尔也想去表演，倒也不错，不过那很可能是一次极其危险的旅程。如果路易斯·米格尔请他父亲当经纪人（这位老爷子精明透顶、玩世不恭，很会掌握形势动向），而不是让他那两个糟糕透顶的哥哥操纵（他们总是在他和安东尼奥的每次表演中都抽一成酬劳）这一切，那么他就绝不会到比尔希尔去把自己毁掉。

第十三章

虽然我们从马德里出发得很迟，但是那辆被我们称作"拉巴拉塔"（便宜货）的兰西亚车子竟令人惊奇地给我们争取到了时间，它载着我们很快驶完了那条熟悉的北上的道路。为了让我们的前任司机马里奥能尝一尝卡斯蒂列高山中山涧里的鳟鱼——马里奥是在雷亚尔城的那场面对面决斗前从意大利的乌迪内一路驾着他的兰西亚驶来的——我们特意把车停在了布尔戈斯那家老客店。老客店里的鳟鱼全身闪闪发亮，有些许斑点，新鲜而肥美，肉也很紧实。而且客人还可以到厨房里去，亲自挑选喜欢的鳟鱼和鹌鸡。端上来的酒都盛在石罐子里，还有美味的布尔戈斯干酪。从前我乘三等火车从西班牙回家时，最爱把这种干酪带去送给巴黎的格特鲁特·斯泰因①。

从布尔戈斯到比尔希尔这段路程，马里奥车开得很快。从理论上讲，乘坐他开的车相对安全——毕竟他是个赛车手——但当我看见速度计录表上的数字时，总吓得出一身大汗。"拉巴拉塔"上有三种声音不同的喇叭，其中的一种表示"让路"，它一路上起了巨大的作用，即使在我们驶过很远之后，我总能看到驴子、山羊和它们的主人依旧立在原地不动。

比尔希尔坐落在一条河畔的杯形山谷里，是一个以工业和造船业为主的市镇。面积广大，经济富庶，气候不冷不热，也没有湿气的困扰。从镇子慢慢往外，有一片美丽的乡野，再往外，有

---

① 格特鲁特·斯泰因（Gertrude Stein）：美国女作家，先锋派作家，1903年后移居巴黎。

许多深入乡间野地的、潮水倒灌的小河。比尔希尔还是一座金融大市镇和运动市镇，我在这里有许多朋友。但是，除了科尔多瓦外，八月里的比尔希尔会比西班牙任何其他地方都炎热。现在天气就比较热，不过还不算太热。

这里有一家上等的旅店卡尔顿旅店，在那里我们每个人都得到了理想的房间。比尔希尔的周日充实且繁忙，无论你有多少钱都能花出去，西班牙再没有哪个城市像这个城市了。这里的斗牛士们全部都穿外衣，打领带。我们一路风尘仆仆的样子，以至于和我们所到旅店的时髦小门厅不大相称——幸好忠诚的"拉巴拉塔"挽救了我们的社会地位，它绝对称得上镇上最优雅的汽车。

安东尼奥的心情仍然和我们告别时一样欢快。他很喜欢比尔希尔。当地的闷热气候和过分的繁荣完全没有影响到他。在这儿，没有一个人能私自走进斗牛场内的过道去——甚至前一天在那儿斗牛、后一天还要在那儿斗的斗牛士也不能走进去。显然，西班牙其他任何地方都不比这里更讲究法制与权力；进场时警察选择了让大家绕着斗牛场整整地走上一圈，而不是开放那个过去常用的、更为符合实际需求的入口让我们进去。费尽周折，我们终于找到了自己的座位。必须坐在规定的座位上，而不能到围墙边上看斗牛，实在是件很别扭的事。

安东尼奥像他之前在整个斗牛季节中所做的那样，施展出了浑身招数，异常出色地挑逗着两头牛，得到了它俩的牛耳。在比尔希尔，牛耳是唯一被允许割下的器官。他的表演完美而自然，在他做来一切又是那么的简单、容易。

安东尼奥的表现深深地打动了在场的观众，每一个人都是一副心醉神迷的样子。坐在我身旁的一个家伙说："我本以为我对斗牛的感情早已完全消失，但今天它们又都被带回来了。"安东尼奥也对自己的表演非常满意。他通过斗牛把内心的兴奋传递给了观众，观众们也和他一起兴奋起来。一时间，大家眼里的一切仿佛都变得格外美好而实在。

第二天，米格尔的演出却让大家非常失望。开始他表现得很好，用披风对第一头牛做了几个很出色的闪避动作，还做了两个极其优美的贝罗尼卡。他挥舞披风的水平在跟安东尼奥的竞争中得到了不断的提高。演出伊始，他也显得非常坚定稳妥。那头牛的大小中等，很适合撩拨和逗引，但用来体现优势则有些困难。米格尔的表情比较严肃，不过也没有显得不快。他两次突入都刺得很出色，但都刺到了骨头上，第三次，他把剑刺入了大概四分之三，牛倒地死了。

他的第二头牛非常高大，牛角也很锋利。米格尔优雅地舞动披风撩拨它，但这头牛看起来完全不容易应付，甚至显得有些危险。在马的冲刺下，它有点儿踌躇不决，长矛手在举起长矛刺向它时也踌躇不决。后来，那头牛昂起头，看上去仿佛是要冲到米格尔面前一样，但它实际上又没有被长矛刺到，结果就更难应付了。最后，那名长矛手勉强把牛引了过去，但实际只是靠到了牛身上，他尽力随着牛旋转，拼命地刺牛。

那头看起来不好应付的牛终于来到了路易斯·米格尔面前。尽管米格尔表演得很认真，这时候却隐隐地开始担忧自己的伤腿。他想方设法控制住牛，使它站定，然后再闪开它，而牛则坚持不懈地在红布下寻找他。米格尔谨慎小心、战战兢兢地两次试图向前突刺，但牛的神态显然不值得信任。路易斯·米格尔闪避时，他的伤腿拖曳着。在第三次尝试时，他终于把大半截剑身刺入牛身，并且刺中了牛的致命之处，牛瘫倒了。

观众们流露出满脸的失落，大伙儿只是替路易斯·米格尔不好受。他的大夫塔玛米斯则感觉糟透了，他一直都为米格尔在巴伦西亚所受的伤烦恼不已，何况现在，一直以来，伤口的疼痛和麻木，突然而至的发作，使米格尔的脑海中经常充斥着他受伤时的各种画面。米格尔在马拉加所表现出的那种信心消失不见了，而现在他越频发地使用自己在马拉加被抛起摔伤的那条腿，情况就变得越糟糕。他受的伤在半月形的软骨里，就像一个足球运动员被人从侧面猛撞一下所受的伤，或者是一个棒球运动员把一条穿着钉鞋的腿伸进一个垒去又被人扔出来时所受的伤。塔玛米斯大夫设法用超声波抑制着他的半月形软骨的炎症，如果炎症得不到抑制，情况就会变得更为严重，这块软骨就很有可能报废，这样一来简直就是要路易斯·米格尔的命。要是做手术去掉那块软骨，他就会有三到六个星期无法自由走动，而他的斗牛士生涯可能就此结束了。庆幸的是，到现在为止，那块软骨还没有变得太糟，大概是由于两根主要腿骨得到了足够的使用和刺激，使软骨的情况得到了抑制。无论如何，这场病都是极其痛苦的，路易斯·米格尔的信心也由此一点点被摧毁。

米格尔的状况让我很担忧，但他却坚持要把这场跟安东尼奥的决斗继续进行下去。看了他最后的这次演出之后——我又想起自巴伦西亚那次决斗以来，这两人每次决斗所出现的情况——我更深信不疑，继续决斗的结果只会让米格尔葬送了自己的性命或彻底毁了他的健康，他将再不能做斗牛士了。何况我又看到了安东尼奥精妙的表演，以及他洋溢着绝对的自信与精湛的手法，我不得不承认，想让他再次被牛抵伤是不可能的。尽管安东尼奥每次表演我都从头到尾为他捏着一把汗，但他很少出事。一般而言，各种抵伤在事前都会出现某种预兆，但眼下，无论从心理上、体力上还是从策略上看，安东尼奥身上都没有这种预兆。他目前正处在才华"四溢"、潮水"泛滥"的最好的精神状态，不过他所做的一切动作都没有逾越规则的尺度。他的一招一式都尽善尽美，既徐缓又流畅，同时还展现出足够的危险和刺激。他能够十分完美地驾驭所有的牛，以至一切的困难在他面前都销声匿迹。当他彻底抛开对死亡的恐惧之后，他似乎获取了一种武装，把自己变得强大而有力。

不过比尔希尔的集市日对安东尼奥也有些危险，因为安东尼奥在那儿有很多阔绰和重要的朋友，而且他在那儿的社交生活也过于丰富。虽然那些社交生活不像马德里的社交生活充满阴险狡诈，但这会导致他晚上休息得太晚。以致我们没有时间做那种很舒畅的、可以发泄精力的体操，更没有时间进行可以取代这种体操的短途旅行，而这两者恰恰是使斗牛士好好入睡的良方。

在安东尼奥和米格尔最后一次决斗前一天的表演中，这一点带来的影响全部暴露了出来。安东尼奥的两头牛都不好，特别是后一头牛在之前演出的时候差点弄瞎了眼睛，所以它冲进斗牛场时，几乎什么都看不清楚。这两头牛没有一头适合使用出色的披风撩拨动作，更没办法使用穆莱塔和它一起表演一个恰当的精彩回合。第一头牛更是危险，它是一头用披风撩拨时无法信任的牛，它总是慢步跑着，而且一直在红布下面搜寻斗牛士。当安东尼奥甩着披风避开它时，两者之间的空隙多少要比期待的大一点儿。

连续两天上午，比尔希尔一直下着雨。不过比尔希尔斗牛场的排水设备非常好，人们建造斗牛场时，充分考虑到这里的气候和土壤，需要使用什么样的沙土，这一天，场地虽然表面湿润，但并不滑。尽管当天中午时分的天气还阴沉沉的，让人们感觉这场演出会因为下雨而被取消，但最终太阳还是出来了，然后天气就变得湿热起来，空中不断有浮云掠过。

　　经过塔玛米斯的精心治疗后，米格尔觉得好了不少，但他仍然情绪沮丧，神情忧郁。就在一年前的这一天，他父亲患了癌症，带着莫大的痛苦离开了这个世界。米格尔总是想起这件事和许许多多其他的事。他像往常一样谦恭有礼地对待他人，逆境让他心态平和多了。他知道在前几次和安东尼奥的重大决斗中，每次自己都险些送了命。他知道现在这些帕尔阿斯牛跟从前的绝不一样，从前的帕尔阿斯牛几乎全是特别大的米乌拉斯牛。当然他也知道这个市镇不是利纳雷斯，但最近的事情实在太多了，而且他运气也实在不好——活着的时候居然是斗牛士行业中的第一号斗牛士，甚至一生都坚持这个唯一的真正的信念。每次登场想证明自己是行业中第一号斗牛士时，总差点儿送了命。同时他也知道，目前，仅有自己最阔绰、最有影响力的朋友、妩媚的女郎们和二十五年来都没在西班牙看过任何一场斗牛的巴勃罗·毕加索①仍旧坚信他是第一号斗牛士，当然，这是另外一回事。最重要的是，他自己必须相信。只要他自己相信，并能使自己的信念变成事实，那么失去的一切就全会回来。此刻，他的身心俱已受损，这当然不是实现他信念的一个好日子。但他要试一下，或许他在马拉加创造过的奇迹会再次出现。

　　休息间里的安东尼奥表现得非常镇定，他如同一头豹子一样钻在床上的被单底下休息。我们只待了一会儿便告辞离开，因为我希望他好好休息。

　　楼下，无论酒吧间还是餐厅都坐得满满的，还有许多人排着队在一旁等候着餐桌空出来。我们跟许多老朋友和新朋友一起，挤在一张大餐桌边共同进餐。多明戈、多明吉告诉我说，他觉得

_____

　　① 巴勃罗·毕加索（Pablo Picasso. 1881－1973）：西班牙著名的画家、雕刻家，1904 年后定居巴黎。

这些帕尔阿斯牛可能会比巴伦西亚的那几头好很多。虽然有两头体重稍轻些，但体积看上去比实际的要大。它们配成了相当均匀的群组，由路易斯·米格尔首先来对付比较小的那一头。

斗牛即将开始，场内坐得满满的。一些高级政府官员们也纷纷到场，还有国家元首夫人——卡门·波洛·德佛朗哥，她带着一伙来自圣塞瓦斯蒂安的人，跟他们一起坐在总统包厢里。

很快，路易斯·米格尔的第一头牛冲进了场地。它外形非常英俊，双角也很锋利，个头看上去比实际高大的多。米格尔手执披风把它从马前面引开，非常利索地做了几个优秀的闪避动作。那条受过伤的腿好像压根儿没有妨碍到他，只是等他走到木围墙附近的时候，脸上微微才显出沮丧的神情。

米格尔挥动穆莱塔，在牛身边很近的位置撩拨牛，还做了几个出色的右旋闪避动作，牛也配合得很默契。他渐渐地对这头牛更有信心了，接下来的每一个动作都做得更加出色。我一直关注着他脚上的动作，多少有些担心，但现在看来一切都很正常。米格尔又用左手拿着穆莱塔，展现了一系列纳图拉尔动作。这些动作完全没有问题——对任何其他的斗牛士而言——但它们看起来不是很像在马拉加表演的那些动作，于是只听到场内票价高的那一面观众发出稀稀落落的掌声。音乐响起来，路易斯·米格尔又进行了一系列马诺莱特使之普及的那种侧闪动作，同样也是非常到位。接着，他做了两三个摆动的闪避动作，使牛抬着头进入了睡眠状态，然后米格尔跪在了牛的面前。

有一部分观众非常喜欢这个动作，另一部分则不喜欢——安东尼奥曾经给过他们"不必喜欢这种动作"的教导。米格尔又站了起来，我看到他的腿行动很自如，并没有用穆莱塔的棒子略微支撑一下。他紧紧抿着嘴唇，一副突然醒悟的样子。他挺身向前，举剑笔直地刺过去，这一剑刺得相当高，杀得非常利落。牛嘴里立刻流出血来，庞大的身体"轰隆"一声倒下了。但米格尔最终并没有得到牛耳，尽管在我看来，那一剑刺得很出色——当有一根较高位置的动脉被剑割断后，牛嘴里常常会出血，当然欢呼的人也很多。米格尔走出来向大家致意，但他的表情很阴郁，脸上一丝笑容也没有。还好他的腿脚行动自如，否则他会跪下来的。

轮到安东尼奥的牛出场了。这头牛与米格尔的那头大小几乎完全相同，其他方面也都相差无几。它的姿态非常灵活，安东尼奥用一个无比优雅的动作把它引过来——那动作就是我们在整个斗牛季节中经常见到的那种非常壮丽、宏伟的挥舞披风的动作——你从观众们突然发出的喊叫声，以及随后而来的热烈的讨论声里，就可以感觉到，那份属于斗牛的欢乐又回来了。

待那牛被插进一副倒钩短标枪之后，安东尼奥便把牛引到自己身边，用穆莱塔开始挑逗它。不知为何，那头牛在冲刺时动作有一点迟缓，安东尼奥不得不向前稍许迎上去一点儿。当他用一系列右旋躲闪动作激发起了牛的信心之后，音乐恰到好处地演奏起来了。那一系列躲闪动作激励着这头完全没有受到惩罚的牛越冲越近，后来终于到了不能更贴近的地方。安东尼奥甩着左手中的穆莱塔，从一定距离外刺激着它，引逗着它。此时，这头牛早已在反复引逗下变得精神抖擞，冲刺的距离也越来越长了。

安东尼奥放任牛冲过来，然后用手腕抖着红布，以恰恰可以吸引住牛的那种速度，缓缓地移动，带着牛完成了一系列贴近、徐缓而足够完美的纳图拉尔动作。最后，只见穆莱塔的红布擦过牛角，然后轻缓地扫下牛颈、牛肩、牛脊和牛，安东尼奥巧妙地用一个诱使牛角掠过胸膛的闪避为这套动作画上了句号。

安东尼奥准备宰杀牛了，他猛地一个突入，使劲儿把剑刺进去，深深地一直刺到了剑柄。剑刺入的位置也非常恰当，就在那个致命凹口上方偏左一英寸半的地方。安东尼奥站在牛前面，用他吉卜赛人的深色眼眸凝视着牛，慢慢地举起右手，向观众展示他的胜利。他傲慢地将身体转向后方，对着观众，但两眼却出奇地冷静，像一位外科医生那样注视着面前的公牛，直到牛的后腿颤抖起来，逐渐支撑不住，最后，一下倒在了沙土地上。

随后，安东尼奥一下转过身，把目光投向观众，那种外科医生的神色早已从他眼中消失，脸上呈现出的是一种对自己所发挥的技巧感到自豪的神气。可惜的是，作为一名斗牛士，他无法欣赏自己正在创造的艺术；他没有机会如一个画家或者一个作家那样，去修改他的艺术品；他也无法如一个音乐家那样，去聆听它的作品。他只能感觉它，并倾听观众对它的反应。当他感受到这一感觉，并从观众的表现中知道自己的演出很了不起时，幸福的心态就支配了他，以至于感觉世上再没有其他事比这更重要了。安东尼奥知道观众此时此刻全都倾向于他。他拥有了他们。他抬起脸看着他们，谦虚而得体地让他们知道，他非常明白这一点。在他手拿牛耳绕着场地步行一圈时，他深情地望着比尔希尔这些不同阶层的人。当他经过那些观众时，人们全都站了起来，表达对他的敬意。而与此同时，我看到米格尔茫然无措地从围墙里朝外望着，他在思考着这天会不会就是末日，或者末日会出现在一个其他的日子里。

海梅·奥斯托斯在斗牛场里表现得也十分出色。他的那头牛虽然个头比前两头稍微大一些，但绝对是一头撩拨起来感觉不错的牲口。海梅挥舞披风的动作做得十分老练，舞动穆莱塔的姿态也非常稳健，并且不乏精彩之处，他的表演深深打动了观众。虽然他在刺击的时候并不是很顺利，但最终他仍得到了一只牛耳。

等海梅拿着牛耳环场一周后，这三名斗牛士一起来到看台上的总统包厢，向尊贵的卡门·波洛·德佛朗哥夫人表示敬意。路易斯·米格尔和大元帅①的女婿是朋友，米格尔还曾经跟着国家元首去打过猎，因此先前已经请人代为致意。不过现在他的腿感觉还不错，可以一路爬楼梯到那个高高在上的包厢。不过紧接着，他不得不再走下来，因为下一场就轮到他了。

他的这头牛是黑色的，个头比他第一场那只稍稍大点儿，两只牛角闪着锋锐的光芒。它一进场就给人一种凶猛彪悍的感觉，路易斯·米格尔提着披风走过去，做了四个徐缓的贝罗尼卡动作，不过那姿态有些令人遗憾；然后他又做了一个适中的贝罗尼卡，牛开始绕着他的腰四周打转。

不过，路易斯·米格尔并没有一路令人遗憾下去。他有一个最了不起的优点，那就是很明白如何能掌控一场表演，如何能诱导自己的牛做每一个动作。从这头牛身上，米格尔打算得到能得到的全部。他舞动披风，巧妙地接过牛，诱使牛在他预设的向长矛手冲刺的指定地点站好。长矛手稳步上前，举起矛柄，牛开始冲刺。长矛手催动马匹时打了牛一下，为了要在牛二度冲刺时把长矛的位置稍微调整一下。路易斯·米格尔把牛引过去，又做了四个节奏缓慢的贝罗尼卡动作，动作结尾弥漫着一种庄重的气息。

接着，他又把牛引回来，诱导它继续站好，好让它再向前冲。这原本是斗牛中最简单的几个动作，可米格尔已经做过无数次了。他背朝着马和长矛手，面对着牛，轻轻一抖披风，想让牛的前腿站在彩绘的圆圈外边，使牛的位置更稳妥些。长矛手也把长矛伸向前方，牢牢攥在手心。牛开始向马冲过来，而路易斯·

---

① 指国家元首佛朗哥。

米格尔就在牛冲刺的路线上。这时，悲惨的一幕发生了。那头牛突然忽略了披风，把角低下来，一下狠狠扎进了路易斯·米格尔的大腿里，然后以一头蛮牛所具有的最强悍的力量，挑起他把他朝马狠狠地扔过去。当路易斯·米格尔还在空中没有跌落时，长矛手的长矛击中了牛。可米格尔落下时又被牛在半空中接住了，结果在他跌落地上后，牛又跟过去在沙地上连戳了他好几下。他的哥哥多明戈急忙跳过围墙，躲过牛的攻击，把他拖到一边。而安东尼奥和海梅·奥斯托斯两位斗牛士赶紧提着披风冲进场，想把牛引走。所有人都明白发生了一场重大的事故，米格尔的腹部似乎被牛角狠狠捅了一下。大多数观众都认为他可能受了致命的重伤，如果他是被牛角抵在覆盖着垫子的马背上，百分之百会没命，牛角很可能已经把他扎了个对穿。他们抬着他急急忙忙穿过过道，只见他脸色惨白，紧紧咬着嘴唇，双手横捂着下腹。

我们坐在第一排，没法跟到医务室去。警察也禁止任何人在场内走动，或在走道停留，因此我只好继续坐下看。这时，安东尼奥已经接手了路易斯·米格尔的那头牛。

一般而言，如果一头牛使斗牛士受到今天这样惨重，甚至很可能致命的伤害，那么接手那头牛的斗牛士通常都只是短暂地撩拨一下，然后尽可能迅速地把牛杀掉。安东尼奥却没这么做。他觉得这是一头很不错的牛，不愿意轻易结果了它。观众砸了大笔钱财来看路易斯·米格尔的表演，他却愚蠢得让自己出了大丑。既然米格尔没能给他的观众带来精彩的表演，那么安东尼奥会补偿他们。

我宁愿这样认识这件事：也许安东尼奥是在替路易斯·米格尔履行他的合同。不管怎样，他当时并不清楚米格尔的伤势到底有多严重，只知道受伤的部位是在右面大腿的顶部，而且可能伤口挺深。他和平时一样，气定神闲地走上前去，舞动披风撩拨刚把路易斯·米格尔刺伤的这头牛。场内顿时响起了一阵欢呼声，音乐也随之奏响。安东尼奥对眼前的这头牛很有好感，开始在令人震惊的近距离内完成了一系列闪避动作。接着，他又用穆莱塔做了一个令人赞叹的精彩动作，然后一剑就把牛杀了。他出手非常利落，只是剑离他真正瞄准的目标位置差了大约两英寸。观众向他报以热烈的欢呼，不过他心里很清楚刚才的误差。

一会儿，手术室里传来信息，牛角向上刺进了腹部，米格尔的伤口在右边腹股沟的下方，正好与上次在巴伦西亚受伤的部位相同，不过目前还不能确定腹内的器官是否有穿孔。医生们已经给路易斯·米格尔上了麻药，正准备给他施行手术。

之后，安东尼奥的那头牛入场了。这是开赛以来最大的一头牛，角也非常粗壮锋利。这头牛刚进场时显得有些茫然，它一面瞪着大眼朝四周张望，一面小步快跑着。安东尼奥对着它拿起披风，它却吓得赶紧躲开了，一路飞快地跳过围墙，闯进走道，然后用牛角东挑西刺，一路挤挤撞撞、磕磕碰碰直到开着的门口，才又转身回场。

幸好长矛手出来后，那头牛鼓起勇气朝马冲过去。长矛手们出色地抵挡住了它的进攻。牛铆足力气往前冲，只见它用蹄子刨着地，对着钢矛头野蛮地朝前直闯。安东尼奥向它走过来，舞动披风挑逗它，牛转过身来又冲向安东尼奥，安东尼奥灵巧地避开它的攻击，仿佛这头牛是个完美的搏斗对象似的。安东尼奥以微小到毫米的精确度衡量牛冲刺的速度，并用自己挥舞披风的动作适应它，从而进一步控制住这头牛。在观众眼中，他的那些闪避动作和从前一样，如行云流水一般，那么毫不费力、徐缓从容而又充满魅力。

接下来的倒钩短标枪的表演，让我们看出牛呈现出一种既危险又不好斗的状态。我当时以为那头牛就要垮了，担心比赛有可能因此延续时间，不由得焦虑起来。迫不及待地想要安东尼奥用穆莱塔和剑去结果了牛。虽然我坐的位置离他很远，根本无法听见他对费雷尔和霍尼的指挥，但我觉得场上的安东尼奥此时似乎也在发愁。

事实并非如此。大家注视着场上，所有观众都为安东尼奥精彩的闪避动作感到惊讶，大声欢呼，每一个回合结束时都会掌声四起。在音乐的伴奏下，安东尼奥引领着这头牛完美地表演出一个人对一头勇猛的牛所能展现的全部优美动作。这头牛看起来那么硕大、紧张、粗暴，本来毫无利用价值。但这时，当牛角擦过安东尼奥的身体时，人和牛之间几乎没有什么空隙。他总能顺着牛自身的速度把牛引到自己身边，而那块下垂的红布，在他灵活的手腕的舞动下，仿佛变成了一个有生命的个体。最终，那个莽撞的庞然大物和他手中那笔直、柔软的红布融为一体，完成了他们高难度的旋转动作。紧接着，安东尼奥的手腕转动了一下，让那匹笨重的黑牛以及凶狠的牛角，最后一次，也是最危险、最艰难的一次，紧贴着他的胸膛掠过去。看到他反复做着这套胸前闪避动作，我心里便暗暗判断，他一定是在为最后的高潮做铺垫。的确，他那一切的挥洒自如的动作，使人感到这场表演如同一部伟大的乐曲，而最终的高潮即将来临。安东尼奥正在诱导牛做好准备再度冲刺，打算等牛冲上来时从正面一剑击杀它。

在牛还能冲刺的情况下，最高超的杀牛方法就是等牛向自己冲来，从正面一剑杀死它。这是最古老、最壮丽，但同时也是最危险的一种方法。这种方法要求斗牛士必须静静地站在原地，不能主动突近，而是让牛采取攻势，然后在牛冲过来的时候，用穆莱塔引导牛向右偏转，同时快速把剑刺进牛肩胛之间最高的部位。这种表演的危险之处在于：如果穆莱塔没有完全把牛控制住，那么牛一旦抬起头来，牛角就会撞上斗牛士的胸部；但如果斗牛士采用主动突入的方式杀牛，就能避免这个致命的危险，可牛此时一旦抬头，通常也会伤到右大腿。要想恰当地使用等牛冲上来将之击毙的方法，斗牛士必须准确判断出牛冲刺结束的时机，如果他等牛的时间稍长一点，让牛多迫近自己一两英寸，牛就会撞上他的胸口；又或者他在挥动红布时，向外偏的角度稍大一点，给牛留的出口过于宽大，那么剑就极有可能刺偏。

"等到牛眼看就要刺到你的那个瞬间。"这是此类杀牛方法的规律。但很少有人能等到那个最恰当的时机。这同时还要求斗牛士具备了不起的左手技术，可以把牛保持在较低的位置一直引过去。对牛而言，这个动作和胸前闪避动作没多大差别。这也是安东尼奥为什么反复使用那些闪避动作的原因。他要让牛有所准备，同时还要根据牛的状态判断它是否还有冲劲，他必须保证牛会跟着红布冲，而不是抬起头或是在中途停下，踌躇起来，以致破坏整个计划。等安东尼奥看到牛没受什么损伤，而且确实准备好了之后，他就会在我们下方让牛站定，然后给它最后一击。记得以前我们一起夜间乘车做长途行驶时，曾经探讨过这种杀牛的方法，那时候大家都一致认为，如果单论安东尼奥左手的技术，不难办到。困难的是另外的因素，那就是，那一对匕首一般的牛角，随时会像切菜一般刺进人的胸膛；而且这柄匕首还有一个巨大的摆动装置——牛头部肌肉的力量完全可以挑起并甩开一匹马，甚至拆裂围墙上两英寸宽的木板。有时候，这些尖角可以像锋利的剃刀那般，轻松地划裂披风的丝绸表面；有时候，它们自身也会断裂，因此这柄凶器造成的伤口可能会非常宽，甚至达到巴掌大小。如果你能够耐心地等待，看着牛角直接朝你冲来，并且大胆地继续站在原地，让牛一直到发觉剑身刺进自己身体的时候才抬起头来，牛角就很有可能由下至上戳进你的胸膛。我们一致认为，明白这一点后，事情做起来就变得相当容易。当然，这种事情口头上说说总是很容易的，但真正实施起来绝不容易。

场上的安东尼奥开始振作起来，他的目光沿着剑身瞄了一眼，在把穆莱塔舞向牛的同时，他把左膝向前弯曲下来。那头大牛向他冲过去了，安东尼奥一剑刺在了牛肩胛之间很高的一块骨头上。安东尼奥探身向前朝牛的方向倾斜过去，剑被扣住了，割裂了牛脊背的几块肌肉；随后他左手一挥穆莱塔，使牛完全顺着他的意思转了过去。

在这个时代，已经没有哪位斗牛士会等牛二度冲上来从正面去刺杀它了。这种杀牛手法属于佩德罗·罗梅罗的时代——很久以前那位了不起的龙达斗牛士的时代。不过只要牛还有冲劲，安东尼奥就必须用这种手法击杀它。于是他再次诱导牛摆好架势，并沿着剑身瞄准，用腿和红布引领牛到他预备击杀它的地点。剑再一次刺中了骨头，那头庞然大物又一次被激怒了，一切转瞬陷入混乱之中，幸好他及时挥动穆莱塔，又成功地把那头大牛连同牛角一起引开了。

此时，那头牛的行动已经明显有些缓慢了，不过安东尼奥确信，它还能再干净利落地冲一个回合。他的这个判断，但是没有人了解，观众根本不敢相信自己眼前的场景。安东尼奥要在这头牛身上获取一场重大胜利，他必须把剑堂堂正正地刺进牛脊背，而且不能露出太多的剑身部分。他应该为自己斗牛生涯中用狡猾手段杀死的每一头牛致歉，而这样的牛数量又那么多。在整场博斗中，这头牛曾经有两次机会可以直接戳上他的胸膛，要是它想这么做的话。现在，他要允许它再戳第三次了。每次牛冲刺时，他完全可以把剑稍微放低一点儿或从旁边插进去，而且并不会因此招来非议，或者损失丝毫颜面。他很了解牛，知道什么地方是刺击的最好部位，要是飞快地刺进去，旁人完全看不出作弊，而且还极有可能效果很好。在这些年的斗牛生涯中，这是他获得大多数荣耀时最常用的一种杀牛办法。但今天，他把这种狡猾的做法抛之九霄云外；今天，他要洗掉自己之前所有用不正当手段杀牛的行为带来的耻辱。

　　他再次使牛站定。此时，场内超乎寻常的寂静，我甚至能清清楚楚地听见身后一个女人轻轻把扇子折起时那"咔嗒"的一声。安东尼奥的目光快速顺着剑身瞄了一眼，再次把左膝向前弯曲，对着牛晃了晃穆莱塔。牛冲过去了，他静静在那等候着，那一瞬间，仿佛时间静止了一般，直到牛角刚好要挑到他的那个瞬间，他快速的把手中的剑直刺进去，牛身体推动着剑向前继续突袭，头低下跟着红布。安东尼奥摊平手心，有力地将剑柄的圆头向牛的身体内推进，剑身在牛肩胛骨顶部之间很高的部位徐缓地刺入。安东尼奥的脚也非常稳健地移动着，此刻他和牛仿佛在合二为一。当他的手终于抵达牛的顶部时，牛角也微微擦过他的胸部。牛死了，但它迟缓的身躯似乎还没意识到这一点，它仍旧蠢立在那儿，看到安东尼奥站在它面前，向它举起一只手，仿佛在跟它说再会。我隐约能猜到他在想些什么，不过那一刹那，我看不清他的脸，牛也看不到他的脸，但我相信，那是这个我所认识的小伙子的最陌生、最友善的面孔。仅此一次，那张久经厮杀的面庞在斗牛场内流露出怜悯和同情，而在那个血腥之地，怜悯和同情本是不该出现的。一会儿，牛终于明白自己已经死了，它的腿再也支撑不住，眼神也变得迷茫呆滞起来，庞大的身躯在安东尼奥的注视下"轰"的一下跌入尘埃。

　　这就是安东尼奥和路易斯·米格尔决斗的结局。对于当时所有待在比尔希尔的人而言，斗牛场内再也不会有任何真正的竞争了，这个争议此时已经完全得到解决。当然，若单单从理论上讲，它还可以重新再来很多次，不过那只是字面意思而已。商人们或许还可以凭借着竞争的噱头，利用一下南美的观众赚取更多的钱财。但是如果你看过这场决斗，如果你看过安东尼奥在比尔希尔那令人难忘的表演，你就再也不会为谁是最优秀的斗牛士而迷惑了。

　　也许你会说，他可能仅仅在比尔希尔是最优秀的，因为路易斯·米格尔毕竟有伤在身。这种设想的确可以用来继续挣钱。但是如果有那么一天，在西班牙某个斗牛场里，当着一群地道内行的观众，用长着真正地道的牛角的牛来比个高下的话，那将是一场极其危险和致命的比赛。斗牛士之间的争斗已经尘埃落定，实在无须新的冒险和牺牲。很快，有人从手术室带信给我，说牛角虽然刺入了米格尔腹部很深的部位，但幸运的是，肠子避免了被刺穿的命运，我听了很感欣慰。

　　当天晚上，等安东尼奥换好衣服之后，我和他一起驾车去看望路易斯·米格尔。安东尼奥负责开车，虽然我们刚刚已经在楼上房间里谈论了这次斗牛，但他还没有从此事中平静下来，后来我们又在汽车里继续谈论这件事。

　　"你是怎么知道那头牛有足够力气进行第二次和第三次冲刺的？"我问。

　　"当然，"他说，"为什么会不知道呢？"

　　"你那时候知道了什么？"

　　"那一刻，我突然感到我明白了那头牛的一切。"

"是指……它的听觉吗？"

"它的一切。那感觉就好像我们彼此相知一样。你那个时候没料到它会再冲吗？"

"当然没有。我毕竟坐在看台上，离那儿很远。"

"很远吗？其实也不过六到八英尺，不过感觉起来真像有一英里远。"他说。

待在门诊部病房里的路易斯·米格尔显得非常痛苦。牛角刺入的位置正是他在巴伦西亚的那个老伤疤，这次那块组织再次被撕裂开来，而且又沿着老伤口的轨迹往上延伸到了腹部，况且那老伤疤现在还没有完全恢复好。六七个来客挤在米格尔的房间里，而身受疼痛折磨的路易斯·米格尔对他们依然彬彬有礼。午夜之后，米格尔的夫人和姐姐就要从马德里乘飞机赶来。

"很抱歉，我之前没能去医务室看你，"我说，"感觉怎么样？"

"还好吧，欧内斯特。"他很平淡地说。

"马诺洛会使它不痛的。"

他微笑着说："他早已这么做啦。"

"我把屋子里的人赶走几个如何？"

"可怜的，"他说，"你早先已经这么帮过我许多次了，我很想念你。"

"我以后会去马德里看你，"我说，"我们要是去，他们中的几个也会跟着去。"

"咱们大伙儿一块儿在那些凹版图片上待着，该多好。"他说。

"等到了鲁贝尔我们再去看你。"鲁贝尔是他要进去住的那家医院。

"我都订好房间了。"他快乐地说。

附录：斗牛术语汇编

Aficionado：指对斗牛有基础与详细的了解并仍喜爱斗牛的人。

Alternativa：正式地接受一名学徒剑杀手或者小牛剑杀手成为一名正式剑杀手。它的体现方法是老资格剑杀手自己放弃刺杀第一头公牛的权利，并亲手把穆莱塔和剑交给第一次替正式剑杀手刺杀公牛的斗牛士。

Apartado：通常在斗牛之前的中午进行的公牛分拣。即按照已定的出场次序将公牛隔离，并分别关在牛栏里。

Arena：铺在斗牛场地上的沙土。

Banderilla：一支七十厘米长的圆棒，外包花纸，有鱼叉状的钢制尖头。它们的用途是在斗牛第二回合时将一对圆棒朝公牛肩胛骨顶端部位投刺，让尖头上的叉子钩在公牛皮下。投刺时，两支应并拢。

Banderillero：听从剑杀手指挥并由他支付报酬的斗牛士。其职责是甩动红披风使公牛奔跑，并向其投刺短标枪。每名剑杀手都配有四位短标枪手。他们有时也称为peóne（帮手）。短标枪手一度曾被称为chulo（下等人），但这种叫法现已杜绝。他们每场可以赚一百五十至二百五十比塞塔。出场时他们轮流投刺短标枪，两人投刺一头公牛，接着另两人上来投刺另一头。除烟、酒和咖啡之外，他们旅途中的费用都由剑杀手负担，而剑杀手则从斗牛赞助人处收费。

Barrera：围绕着铺有沙土的斗牛场，涂以红油漆的木板围栏。另外斗牛场上最靠前的一排座位也叫作 barrera。

Brío：精力充沛。

Burladero：紧靠在牛栏或木板围栏外侧，不留缝隙的，木板钉成的躲避处。被公牛追赶的斗牛士或赶牛者可以在这里躲避。

Callejón：围住斗牛场的木板围栏与最前一排座位之间的通道。

Capa 或 capote：斗牛中使用的红披风。形状类似西班牙冬季常用的披风，通常一面为生丝，而另一面为细棉布。领子较重，有硬衬布，面子和里子分别为樱桃红色和黄色。一件这样的优质斗牛用红披风价码通常为二百五十比塞塔。披风拿在手里很沉，剑杀手所用的红披风下缘更是缝进了小软木塞。若剑杀手想提起红披风下缘，就将这些木塞抓在手中。他们两只手同时甩开红披风时，也抓着这些软木塞。

Capea：非正式的斗牛，比如业余斗牛士和斗牛爱好者在村庄里或乡下的广场上用红披风引逗公牛。也指法国部分地方对正式斗牛的效仿，以及一些禁止杀牛的地方对斗牛的效仿。

Chicuelinas：曼努埃尔·希米内斯即"奇奎洛"所发明的一种使用红披风的招式。斗牛士甩出红披风惊逗公牛，而公牛出击并过了人之后转身的一刹那，斗牛士抓紧时机单脚着地急速旋转身体，将红披风裹上身体。旋转完毕，斗牛士正面对着公牛，准备进行下一步动作。

Citar：引起公牛的注意，逗它出击。

Cornada：牛角创伤；与 Varetazo（擦伤）有别的真正伤口。

Corrida 或 Corrida de Toros：西班牙斗牛。

Cuadrilla：在一位剑杀手指挥之下的一整队斗牛士，包括长矛手和短标枪手。其中有一名尖刀手。

Descabellar：公牛受了致命一剑伤害后从正面将其杀死，即把剑刺入公牛后脑与第一段脊椎骨之间割断脊髓。这是剑杀手在公牛还未倒下时，为其解除痛苦的最后一剑。若公牛已奄奄一息且脑袋低垂，刺出这一剑就不会有什么困难，因为公牛低垂到地面的脑袋，将完全暴露出椎骨与脑袋之间的位置。但是，许多已经刺伤公牛的剑杀手并不想冒险进入公牛两角之间并躲开牛角——不管公牛的伤口是否致命。他们都想在公牛奄奄一息之前就给它最后一剑。这样，就必须靠引诱使公牛将脑袋放低，而公牛看见或感觉到了剑就会抬起脑袋，所以最后一剑难度将很大也很危险——无论对观众还是对剑杀手都非常危险，因为公牛挑起的脑袋往往会使剑飞到三十英尺以外。西班牙斗牛场里，观众常常在公牛这样顶飞的剑之下丧命。实施最后一剑的正确做法是，将穆莱塔低放至地面，迫使公牛把鼻子下移。剑杀手用穆莱塔的尖头或剑戳公牛的鼻子可以有效地逼使它把鼻子放低。实施最后一剑的剑身直且硬而并非通常的向下弯曲的剑，因此，只要剑头位置正确，剑头刺中并切断脊髓，公牛就会突然倒地，如同转动开关后电灯便立刻熄灭一样。

Encierro：由犍牛护送，将公牛从一个牛栏徒步赶去斗牛场牛栏的过程。在潘普洛纳，公牛将被人群簇拥着跑过一条条街道，从城郊的牛栏被赶进斗牛场，又从斗牛场被赶进场地边的牛栏里。若有公牛午后要参加斗牛赛，则当日早晨七时就要被赶过大街。

Estocada：剑杀手试图将剑从公牛肩胛骨之间的顶端插入的正面刺杀过程。

Estoque：斗牛中使用的剑。剑柄端为一个包有羚羊皮的铅球，距铅球五厘米处是十字形的平直护手，剑柄与护手均包有红绒。它不是《初到西班牙》一书中展现给我们的钻石柄。剑身长七十五厘米，端部下曲，这样不仅更容易刺入，而且碰到肋骨、椎骨、肩胛骨或其他骨架时，能刺得更深。现代斗牛用剑的背部均有一至三道凹槽，其目的是让空气能够进入剑刺出的伤口内，否则剑便会卡在它制造的伤口中难以抽出。最好的剑为巴伦西亚制造。剑价高低由剑背上凹槽的数目及钢的质量而定。剑杀手通常携带四把普通刺杀用剑，及一把解除公牛痛苦的——即用于最后刺杀的——平头、顶部略宽的剑。除最后刺杀这把剑之外，其他剑身从尖端直至剑身之半，都时刻保持锋锐。剑插在软皮剑套内，整套装备一般都是放在雕着花的大皮箱内。

Estribo：长矛手的马镫；也指高于地面约十八英寸的、钉在木板围栏内侧以帮助斗牛士跨出木围栏的那一圈木头踏脚。

Faena：剑杀手在斗牛后三分之一阶段里所完成的招式总称；也可指任一种斗牛招式；faena de campo 则为公牛饲养中的任意一项工作。

Fiesta：节日或聚会。

Fiesta de los toros：斗牛。

Hombre：人惊呼时依语气的不同而表示惊讶、喜悦、震惊、欣喜或反对等情绪。

Muy Hombre：很有男子气概，即富有 huevos, cojones, 等等。

Largas：斗牛士将红披风全部展开，一手抓住披风一角将公牛引向斗牛士，然后又把它从身旁引开的招式。

Lidia：斗。

Toro de lidia：参赛公牛。也是最著名、最古老的每周进行一次的斗牛叫法。

Matador：剑杀手，而 Matatoros 是屠夫。

Media – estocada：剑身刺入一半。如果刺的是一头个头中等的公牛，刺入的部位又正好，那么刺入半把剑也能叫公牛很快倒下，与全部剑身插入并没有什么分别。但如果是一头很大的公牛，半把剑则很难够到主动脉或是其他大血管，而只有割断大血管才能使公牛马上倒毙。

Media – veronica：斗牛士在瞬息间遏制公牛进攻的招式。这个招式是双手提红披风（详见 veronica 说明）连续招式的收尾动作。这一过程中，斗牛士用双手提起红披风（如 veronica），随着公牛的过人动作把红披风从左转向右，然后左手贴靠臀部，右手向臀部收拢红披风，用收拢一半的红披风迫使公牛掉头定位。如此这般，斗牛士就达到了背对公牛走开的目的。这一定位过程全是靠旋转红披风来完成的，通过迫使公牛想在短于身长的距离上转身的手法，中断了公牛的正常路线。这一招式在被胡安·贝尔蒙特完善后，现已成为了双手提红披风这一系列动作的回合结束规定动作。以前，media – veronica 指单纯的半过牛动作，即剑杀手双手提红披风倒退着将其从身体一侧挥向另一侧，将公牛从场地一边引向另一边。现在，真正的 media – veronica 则如上所述。

Mozo de estoques：剑杀手的私人仆人与理剑人。其职责是在斗牛场上备好穆莱塔，在剑杀手需要时递剑过去，用海绵擦拭用后的剑，擦干后收好。剑杀手刺杀之时，他必须不停地在过道上走动以保证自己始终站在剑杀手的对面，这样就可以在需要时将一把新的剑或穆莱塔从木板围栏上方递过去。他随身带着一个水壶，如果遇到有风天气，就给红披风和穆莱塔洒水。同时，他还要照料剑杀手所有与斗牛相关的个人需求。比如斗牛之前他要把一些纸包——里面装着剑杀手的名片和一定数目的钱——分发给各斗牛评论家，协助剑杀手着装，查看并确定斗牛装备是否无误，将装备送往斗牛场。斗牛结束后他还要把电话记录——电话公司记录下来的通话消息，它们在美国像电报那样记录和派送——或者更为难得的口头消息，送去给剑杀手的家属、朋友、报馆，甚至以剑杀手名义组织的斗牛俱乐部。

Muleta：一种叫穆莱塔的斗牛专用武器。打褶的哔叽或绒制心形红布对折覆盖在细头铁杆上，铁杆较细一端有尖铁，较粗一端有开槽的柄。尖铁穿过红布打褶构成的尖头，而红布散开的那端则用一指旋螺钉固定在铁杆的另一头，这样铁杆就撑起了红布的褶。穆莱塔的用途是帮剑杀手自卫，促使公牛疲劳并调整公牛头颅与四肢的方位，带动公牛表演一连串有少许艺术价值的招式，以及帮助斗牛士刺杀公牛。

Natural：一种叫"纳图拉尔"的招式。具体表现为斗牛士左手放低穆莱塔，从正面挑逗公牛。这时斗牛士的右腿向前方朝着公牛，左手则握着穆莱塔的中央，左臂伸直，在不为观众所觉察的范围内微微抖动红布；随着公牛被挑逗起欲望，开始发动进攻并接近穆莱塔，斗牛士也开始随着公牛转身，并伸直一臂在公牛面前缓慢移动穆莱塔，让公牛绕着人转四分之一圈；这一招式结束时用手腕上抬的力量抖动红布，使公牛就位，并做下一个动作。正文中有这一招式的详细说明。这是斗牛最基本的招式，同时也是最简单、最为流畅优美、做起来最危险的招式。

Novillada：见习斗牛比赛。见习斗牛比赛上多使用没有达到正式斗牛年龄的公牛，或者超龄的公牛，即小于四岁或大于五岁的公牛，或是视力或牛角有缺陷的公牛。而参赛的斗牛士们也没有正式剑杀手的头衔或是已经丢失了这个头衔。除了公牛的质量与斗牛士的无经验（或无能力）之外，见习斗牛赛的其他一切都与正规的斗牛比赛是一样的。每年不幸死于斗牛场里的斗牛士绝大多数都是死在这种斗牛赛上的，原因可想而知，斗牛经验很差的斗牛士面对着极为危险的公牛，又是在只有一些简陋的手术器械的小地方，当地的医生又不可能是牛角创伤这种极其特殊的手术内行人……

Novillero：与上述年龄不合或有所缺陷的公牛对抗的剑杀手。他可能是一名着迷于斗牛的普通人，也有可能是一名在真正斗牛比赛中混不下去的剑杀手，总之他放弃了正式剑杀手的名誉，只是一味到处签订更多的斗牛合同。

Novillo：见习斗牛比赛中所使用的公牛。

Pase：红披风或穆莱塔招式；移动作为诱饵的红披风以吸引公牛进攻，牛角从身边一擦而过——红披风的这种徐徐移动，即是 Pase。

Paseo：斗牛士入场式。

Pecho：胸部；pase de pecho 是一种公牛过胸招式，在纳图拉尔式的一串动作结束时，斗牛士左手拿穆莱塔完成的招式。此时，掉过头来的公牛正准备再次进攻，斗牛士则抓住时机把它引向自己胸前，然后用穆莱塔向前一挥，把公牛送出去。过胸式不仅仅是一连串纳图拉尔式动作的收尾，剑杀手还会使用它把自己从公牛的意外进攻或突然掉头中解救出来，发生那些情况时，这一招式显得极其重要。这种情况下所使出的招式，被叫作 forzado de pecho，即被迫过胸式。有时完成了这一招式，但它只是作为单独动作而完成，之前并没有采用纳图拉尔式，这时它就叫作 preparado，即有所准备的。这一招式动作同样可用右手来完成，但这样它就不是一个真正意义上的过胸式，因为真正的纳图拉尔式与过胸式只被允许用左手完成。如果斗牛士选择用右手完成这两种招式，那么，他一直握在右手的剑就会把作为诱饵的红披风挑开，使其张得更大，使公牛离自己更远——公牛每一次进攻之后都会被送得更远。所以，用右手完成的招式虽然会非常精彩和好看，但是这样就缺少了左手拿穆莱塔、右手持剑时的难度、高危性，以及真诚。

Peón：短标枪手服从剑杀手指挥的徒步攻击的斗牛士。

Pica：斗牛用的长矛。枪杆为 2.55 米至 2.70 米长的梣木所制造，矛为 29 毫米长的三角形钢头。钢头下面，是细绳捆扎着的长杆头，长杆头上装有一个圆形护铁，它能限制长矛刺入公牛身体内的深度，使之最深不超过 108 毫米。这种长矛会让公牛非常难以忍受。一头公牛可能在长矛刺之下毫不退缩，坚持进攻，但很少有哪头公牛连续遭了四次长矛刺后还不丧失大部分力气的。

Picador：遵循剑杀手的要求骑在马背上用长矛刺牛的斗牛士，即长矛手。每场斗牛中，长矛手能得到一百至二百五十比塞塔的报酬。长矛手与其他的斗牛士一样，身着短上衣、衬衫、领带，头戴边上饰有一个绒球的宽边低顶帽；但他的右腿及右脚全紧紧地套着羚羊皮马裤。很少有长矛手被公牛挑成重伤，因为他们从马背上摔下时，剑杀手有一项任务是用红披风对他们加以保护。但长矛手倒是经常摔折胳膊、下巴、腿或肋骨，有时甚至还摔破脑壳。虽然许多长矛手因脑震荡而一生瘫痪，但毕竟与剑杀手相对而言，长矛手们很少死在斗牛场上。在百姓们各项收入微薄的职业当中，长矛手的工作被公认为是最辛苦、离死亡最近的。幸好，剑杀手的红披风总归会把他们的死亡危机排除一部分。

Poder á poder：以力对力；一种投掷短标枪的方法。

Presidencia：斗牛总裁判。

Puntilla：短剑，马与公牛严重受伤时用于刺杀的短剑（参看 cachete 条目）。

Puntillero：用短剑刺杀公牛的人。

Quite：由 quitar 派生的词——取走、调离——把公牛从能直接威胁斗牛士的位置上调走。尤指公牛向长矛手展开进攻之后，手持红披风的剑杀手们轮番将公牛从斗牛士和马旁边引走。公牛每进攻一次，就由一名不同的剑杀手上前引走公牛。曾经的做法是剑杀手手拿红披风直接接近公牛，把公牛从跌倒在地的马和斗牛士身边引离到下一名长矛手的面前。而现在的做法改变了，要求剑杀手每次调离公牛时，需要在引出公牛之后完成一连串的红披风招式，而剑杀手们也争相表演他们在过牛动作时能靠得多么近、技艺又有多么高超。把公牛从刚刺伤他的斗牛士那里引走，或者把公牛从摔倒在地上的斗牛士身边引走……这些动作所有的斗牛士都可以参与，观众可以借此判断斗牛士的无畏精神，对公牛的熟悉程度，以及舍己为人的程度。因为迫使公牛离开自己追逐着准备用牛角挑战的敌人，必须与公牛靠得非常近，以便在公牛进攻时用红披风引开它。这种行为是极其危险的，难度也非常之大，还会对自己的退路产生很大威胁。

Recibir：正面刺杀公牛的招式。斗牛士手提利剑等候公牛出击，一旦公牛发动进攻，斗牛士双腿就停止移动，稳稳扎住。此时的斗牛士右手提剑，右前臂横胸指向公牛，而放低抓于左手的穆莱塔。随着公牛奔来，以双角挑住穆莱塔，斗牛士抓住时机，右手瞬间将利剑刺入公牛体内，然后双脚才开始移动。这是诸类刺杀公牛的招式中难度最大、最为危险、最为扣人心弦的一种。不过它在现代斗牛中已很少能见到了。

Redondel：斗牛场的同义词。

Redondo：En redondo——几个连续性招式后，斗牛士与公牛最后走成一个完整的圆形；或任何一个最后能构成一个圆的招式。

Sobresaliente：如果两名剑杀手需要杀六头公牛，就可以让一名见习斗牛士或一名立志要做剑杀手的人一起进场，作为替补斗牛士。万一两名剑杀手都受伤而无法继续下去，则由此人担起杀牛的任务。一名替补斗牛士一般只能得到二三百比塞塔的报酬，而且他还要在投短标枪的例行表演时拿着红披风上前协助。不过斗牛行将结束之时，剑杀手一般会允许替补斗牛士进行一两个调离动作。

Sorteo：斗牛之前先抽签决定哪头公牛由哪个剑杀手来杀，又指西班牙抽奖。

Toreo：斗牛术。

Toreo de salon：在没有公牛作为练习对象的情况下学习使用红披风和穆莱塔的动作招式，这是剑杀手的训练过程中必不可少的部分。

Torero：职业斗牛士。无论剑杀手、短标枪手还是长矛手，都是职业斗牛士。

Torera：指与斗牛有关的。

Toril：斗牛场上的牛栏。

Trucos：花招。

Vara：长矛，斗牛用的长矛。

Veronica：红披风招式。做这个动作时，斗牛士要用双手抓起红披风，正如过去的宗教绘画——圣女维罗妮卡双手拿面巾为耶稣拭面一样。有一位写西班牙的作家说这个动作象征着人给公牛洗脸，其实两者毫不相干。做这个动作时，剑杀手或者面对公牛、或者侧身使左脚稍上前，双手提起红披风下摆前两个角并束拢起来，保持双手四指向下而大拇指朝上的姿势，每只手各抓住一大把红布。然后，斗牛士要耐心地等到公牛出击，并放低牛角来挑红布——这一刹那，斗牛士保持平稳，放低两臂往公牛攻击的前方移动，红披风就会掠过公牛的脑袋，公牛的身体也随即从斗牛士腰部擦过。用红披风过了公牛并顺利脱身的斗牛士踮起脚，红披风随着足尖微微移动，等待着公牛下一次转身。公牛转身，人亦已站定，然后就是这一动作的重复。此时换右腿和红披风微微上前，这样公牛就会从另一个方向跑过。但这一动作也可能会同时欺骗观众的眼睛——即在公牛出击的一刹那，斗牛士明明横跨一步以使自己远离来势汹汹的牛角，却又随即两脚合并，朝公牛的方向俯身或上前——这样观众便产生错觉，觉得斗牛士仿佛与弯刀般的牛角擦身而过。如果一名剑杀手拒绝采用这种欺骗手法来完成这一技巧，而真的与牛角靠得过近，牛角很可能会把他斗牛服上的玫瑰花形金饰物钩走。剑杀手挑逗公牛时偶尔也会双脚并拢，在做出一连串veronica动作的同时保持双脚一动不动，仿佛用钉子钉在了地面上，但这种做法只适用于会自动转身以直线方向再次进攻的公牛。有些公牛需要加以引导，才能在一个动作结束时使之转身跟住红披风，挑逗这样的公牛一次次过人时，斗牛士的双腿就得稍稍分开。但无论如何，veronica 这一招式用得是否经典与斗牛士的双腿是否并拢无关，而是看斗牛士在公牛出击直至狂奔而过的过程中是否能保持站立不动的风姿，以及他的身体是否与锋锐的牛角非常贴近。同时，斗牛士的双臂把红披风挥动得越缓慢、越平稳、越低，这一招式也就被认为完成得越好。